Carlo Meier

Die Kaminski-Kids:

Hart auf hart

Manfred („Manne")

Loko

Jessica

Oliver

Inhalt

Kapitel 1
Die Entdeckung 9

Kapitel 2
Eine unheimliche Nachricht 14

Kapitel 3
Wer ist X? 20

Kapitel 4
Flucht in der Nacht 26

Kapitel 5
Gift 35

Kapitel 6
Den Hund erledigen 40

Kapitel 7
Spurlos verschwunden 48

Kapitel 8
Die Hoffnung sinkt 57

Kapitel 9
Torpedo 64

Kapitel 10
Im Hinterhalt verletzt 69

Kapitel 11
Ist Zwockel tot? 77

Kapitel 12
Gefährliche Suche 83

Kapitel 13
Ein einsamer Plan 92

Kapitel 14
Eiskalte Angst 97

Kapitel 15
Eine Verräterin? 103

Kapitel 16
Der Verdacht 109

Kapitel 17
Ein neues Opfer 116

Kapitel 18
Auf frischer Tat 123

Kapitel 19
Mitten ins Gesicht 130

Kapitel 20
Die Entscheidung 136

Kapitel 21
Herzpochen 142

Kapitel 22
Durch dick und dünn 149

Die Entdeckung

1

«Schnell! Hier hinein!»

Debora gab Raffi und Simon einen Schubs. Sie drängte sich zu ihnen in die schmale Kammer und zog die Tür zu. Gegeneinander gepresst standen die Kaminski-Kids in der Dunkelheit und hielten den Atem an, als draußen Schritte vorübereilten.

Gedämpft drang die Stimme von Laura durch die Tür: «Hallo, Mami.»

«Worauf wartest du denn da?» entgegnete Lauras Mutter.

«Ach, auf nichts.»

Die Mutter klang ziemlich gestresst. Sie hatte heute Geburtstag, und das war auch der Grund, weshalb die Kids ein Rosengesteck aus der Blumenhandlung ihrer Eltern hier in den Gasthof ADLER liefern mussten. Nur waren die Rosen ein Überraschungsgeschenk – und als Lauras Mutter plötzlich im Flur auftauchte, blieb den Kindern nichts anderes übrig, als zu türmen und sich mitsamt dem Blumenbukett in der Besenkammer zu verstecken.

«Ganz schön eng hier drin», murmelte Simon.

Ein dünner Lichtstrahl fiel durch das Schlüsselloch in die Kammer hinein. Die stickige Luft miefte extrem nach

Scheuermittel und Schuhkrem. Allmählich konnten die Kids im Finstern mehr erkennen. Simon quetschte sich seitlich an einen Feger, und ein Staubwedel hing ihm ins Gesicht.

Die kleine Raffi wisperte: «Ich muss Pipi!»

«Vergiss es!» zischte ihre drei Jahre ältere Schwester. «Das geht jetzt nicht!»

«Ich muss aber sofort – sonst kommt's von selbst!»

«Oh nein!» stöhnte Simon, der Älteste der Kids. «Jetzt hat sich auch noch das Bukett in einem Schrubber verklemmt!»

«Das haben wir gleich.» Debora drückte sich gegen das Putzmittelregal, um etwas Platz zu schaffen, und zog an dem Blumengebinde.

Mit einem Ruck lösten sich die Rosen. Doch dabei wurde ein Teil des Gestecks herausgerissen.

«Ach du Schande! Was machen wir jetzt?»

Ratlos blickten die Kinder sich an.

«Mami kommt gleich noch mal vorbei», raunte Laura durch die Tür. «Ihr müsst noch 'ne Weile durchhalten!»

«Ja Pingu! Dann ist es zu spät!» drängelte Raffi verzweifelt.

Debora schaute sich in der dunklen Kammer um. Plötzlich griff sie an Simon vorbei, drehte das Bukett herum und stopfte einen sauberen Handbesen in das entstandene Loch. «So. Sieht doch ganz putzig aus!»

«Wie'n modernes Kunstwerk», schmunzelte Simon.

Draußen trapsten erneut Schritte vorüber. Gleich darauf öffnete Laura die Tür und flüsterte: «Ihr könnt rauskommen!»

Die drei blinzelten ins helle Tageslicht. Sie blieben wie festgewachsen stehen – da kam schon wieder jemand!

Doch zum Glück war's bloß die Kellnerin. Sofort fiel ihr Blick auf das außergewöhnliche Rosengebinde.

«Oh!» sagte sie. «So ein fantasievolles Gesteck hab ich noch nie gesehen! Dieser Einfallsreichtum ... Kompliment!»

Die Kids versuchten, sich nichts anmerken zu lassen und keine Miene zu verziehen.

«Nicht übel, was?» brachte Debora mit Mühe heraus.

«Ihr könnt es mir gleich mitgeben.» Lächelnd nahm die Kellnerin das Bukett und verschwand damit im angrenzenden Zimmer.

«Ich muss jetzt wirklich mal ganz dringend!» Raffi flitzte los in Richtung Klo.

«Ja, aber mach schnell!»

Während die Kinder im Flur warteten, strich die Collie-Hündin Elsie um ihre Beine herum. Sie knieten sich hin und streichelten ihr Fell – die hübsche Hündin war die Mutter von Zwockel, dem Collie der Kaminski-Kids.

«Darf Elsie seit neustem ins Haus? Früher musste sie doch immer draußen bleiben?»

«Habt ihr denn die schlechte Nachricht noch nicht gehört?» Laura schaute sie ernst an. «In der Gegend sind schon zwei Hunde getötet worden!»

«Tatsache?»

«Ja! Keiner weiß, wer der nächste ist. Deshalb wollen wir Elsie jetzt immer in unserer Nähe haben.»

Als Raffi endlich kam, sprangen sie auf. «Okay, tschüss Laura! Viel Spaß bei der Geburtstagsparty deiner Mutter!»

Die drei sausten durch den Hinterausgang aus der Gastwirtschaft.

Auf dem Heimweg schlenderten die Kids die nachmittäglich verträumte Dorfstraße entlang.

Simon fröstelte. «Zwei getötete Hunde – das ist ja 'n Ding.»

«Richtig unheimlich», murmelte Debora, und die kleine Raffi kriegte eine Gänsehaut auf dem Rücken. «Wer kann so was bloß tun?»

«Keine Ahnung ...» Der 14-Jährige zuckte die Schultern. «Aber vielleicht wird der Täter ja bald geschnappt. Ich ...» Simon stockte, als sie zu dem Haus kamen, wo die Bulldogge «Sitting Bull» lebte. Denn dort stimmte ganz eindeutig etwas nicht.

Im Garten kniete Herr Zeltner vor der Hundehütte und beugte sich über seine Dogge, die reglos dalag.

«Bitte», flehte er mit gebrochener Stimme den Rüden an. «Bitte, beweg dich wieder! Nur ein klein bisschen!»

Aber «Sitting Bull» bewegte sich nicht. Das würde er nie wieder tun. Der Hund war tot.

«Wie ist denn das passiert?» rief Simon betroffen.

Herr Zeltner kam über den Rasen zum Zaun. «Ich hab ihn vorhin gefunden.» Verzweifelt zeigte er zur Hundehütte. «Da – so wie er jetzt liegt. Er bewegt sich nicht mehr ...» Seine Lippen verzogen sich schmerzvoll.

Er holte ein Taschentuch heraus und versteckte das Gesicht dahinter.

Obwohl die Kids «Sitting Bull» wegen seines ohrenbetäubenden Gebells nicht gemocht hatten, berührte es sie nun sehr, dass er nicht mehr lebte.

Herr Zeltner schnäuzte sich. «Da sind ... keine Anzeichen einer Verletzung ... Und so alt war die Dogge noch nicht. Das muss dieser mysteriöse Hundetöter gewesen sein! Der hat ihn vergiftet! Das ist jetzt schon der dritte Hund!»

Raffi zuckte zusammen. «Und wenn der als Nächstes unseren Zwockel tötet?»

«Ich lasse auf jeden Fall untersuchen, woran meine Dogge gestorben ist», entschied Herr Zeltner. «Und wenn's Gift war – wehe dem Kerl, wenn ich den erwische!»

«Kommt!» Simon hatte ein ausgesprochen ungutes Gefühl. «Wir sollten schnellstens nach Zwockel sehen!»

Seine Schwestern dachten genau dasselbe. Überstürzt stürmten die Kids davon.

«Tschüss», flüsterte Herr Zeltner hinter ihnen her.

Eine unheimliche Nachricht

2

Die Kids waren trotz des kühlen Frühlingswetters völlig durchgeschwitzt, als sie zu Hause über den Hof rannten. Sie spurteten an der Holztafel mit der Aufschrift KAMINSKIS BLUMENHOF und dem plätschernden Brunnen vorbei.

Mit pochenden Herzen schauten sie in die Hundehütte. Von Zwockel keine Spur.

«Vielleicht ist er im Laden!»

Sofort hasteten sie zur Blumenhandlung, die ans Haupthaus angebaut war, und spähten durch die Scheiben. Doch auch hier schien der Collie nicht zu sein.

Debora riss die Eingangstür auf. «Habt ihr Zwockel gesehen?»

An der Verkaufstheke bediente Mutter eine Kundin und blickte überrascht auf. «Nein. Warum?»

Vater arbeitete im Büro, das durch Glas abgetrennt war, am Computer und tippte pausenlos.

Ohne Antwort hetzten die Kids um das ganze Gebäude herum. Im Hinterhof blieben sie keuchend stehen.

Kisten waren da. Stapel mit Pflanzenerde-Säcken. Aber kein Hund.

Laut rief Simon über den Platz: «Zwockel!»

Von den Gewächshäusern hallte es zurück. Doch sonst geschah nichts.

Die Kinder fühlten sich immer beklommener. Mit tränenerstickter Stimme wisperte Raffi: «Bitte, Zwockel, sei nicht tot ...»

Debora brachte keinen Ton mehr heraus, so elend war ihr zumute.

«Zwockel!» brüllte Simon noch einmal.

Nichts rührte sich.

Klamme Angst kroch in ihnen hoch. Sie waren wie gelähmt.

Da guckte hinter der Treibhausecke eine schwarze Hundenase hervor. Langsam folgte eine hellbraune Stirn mit weißem Fleck. Schließlich erschien der ganze Collie und trabte freudig auf die Kids zu.

Er sprang an Debora hoch, und alle drei wuschelten stürmisch durch sein Fell. «Lieber Zwockel! Bin ich froh, dass du noch lebst!» riefen sie glücklich durcheinander.

Hechelnd versuchte der Hund, Deboras Gesicht abzulecken.

Doch sie warf den Kopf in den Nacken. «Iiii! Lass das!» Trotz ihrer großen Erleichterung mochte sie es überhaupt nicht, wenn die nasse Zunge über ihre Wangen schlabberte. «Ich muss jetzt eh weg – mit Suila und den Pferden Werbe-Sendungen verteilen!» Sie machte sich von den Hundepfoten los und verschwand durch den Hintereingang ins Haus. «Bis später!»

Die anderen schmusten weiter mit Zwockel, der es sichtlich genoss, so ausgiebig verwöhnt zu werden. Er legte sich auf den Rücken und streckte die Beine in die Luft, um sich den Bauch kraulen zu lassen.

Da kam Debora unerwartet zurück. «Schaut mal, was mit der Post gekommen ist!»

Simon und Raffi konnten ihr auf den ersten Blick

ansehen, dass sie vollkommen verstört war. In der Hand hielt sie einen Umschlag und ein Blatt kariertes Papier. Darauf waren mit Rotstift die Worte geschrieben:

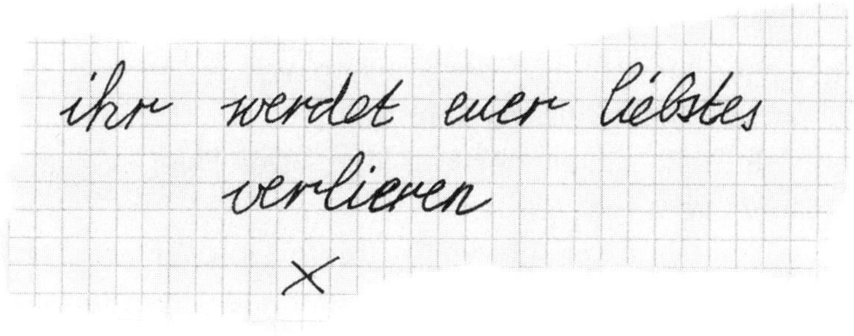

Noch vor dem Abendessen versammelte sich die ganze Familie Kaminski am Küchentisch. Die Kids hatten den «Familienrat» einberufen: eine Gesprächsrunde, diesmal aus dringendem Anlass. Mutter und Opa waren schon da. Sogar Vater hatte sich von der Arbeit im Büro losgerissen und setzte sich nun an den Tisch.

«Schon drei Hunde sind getötet worden!» erzählte Raffi aufgeregt. «Und jetzt heißt es, dass unserem Liebsten etwas zustoßen soll!»

«Damit ist doch bestimmt Zwockel gemeint! Wir müssen unbedingt was unternehmen, um ihn vor dem Hundetöter zu schützen!» forderte Simon.

«Und zwar so schnell wie möglich!» fügte Debora hinzu, die eben erst vom Reklame-Einwerfen zurückgekommen war.

«Nun mal langsam. Zeigt mal her.» Vater las die kurze Nachricht des Drohbriefes durch. «Der ist ja in Kinderschrift geschrieben. Das kann man doch nicht ernst nehmen – ist bestimmt ein böser Kinderstreich.»

«Wer könnte uns den bloß geschickt haben? Habt ihr mit jemandem Streit?» wollte Mutter wissen. «Irgendein Kind aus euern Schulklassen, das euch vielleicht eins auswischen will?»

«Na ja, Zoff gibt's immer», gab Simon zu. «Aber deswegen braucht man doch nicht gleich 'n Drohbrief zu schreiben. Das glaub ich echt nicht.»

Für Raffi schien der Fall klar: «Der Brief ist ganz bestimmt vom Hundetöter!»

«Liest du's mir mal vor?» fragte Opa. Er war fast blind und konnte nur noch schattenhafte Umrisse von ganz großen Dingen erkennen.

Mutter nahm das karierte Papier auf. «Ihr werdet euer Liebstes verlieren», las sie. «Unterschrift: X.»

«So, so.» Großvater räusperte sich. «Ich habe irgendwie das Gefühl, man sollte das Schreiben nicht unterschätzen.»

«Genau!» Raffis Augen blitzten, und Simon bat eindringlich: «Können wir Zwockel nicht ins Haus nehmen, wie die's im Gasthof mit ihrem Collie auch tun?»

«Oh nein», stöhnte Mutter. «Bitte nicht. Der trägt mir den ganzen Schmutz rein! Und die Hundehaare überall! Nein, bitte nur das nicht.»

Opa brummte in seiner bedächtigen Art: «Allein die Tatsache, dass die Kinder Angst haben, ist ein Grund dafür, den Drohbrief nicht zu verharmlosen. Man muss das Gespür der Kinder ernst nehmen.»

«Bitte, Mami!» bettelte die Kleine mit ihrem liebsten Stimmchen, das sie immer dann einsetzte, wenn sie etwas ganz dringend wollte.

«Der Collie könnte ja in meinem Zimmer übernachten», schlug Opa vor.

«Nur bis der Hundetöter gefasst ist», fügte Simon hinzu.

Vater schüttelte den Kopf. «Das kann noch lange dauern. Und wer weiß, ob der überhaupt je erwischt wird!»

Nun schaltete sich Debora ein. «Wenigstens bis die Schulferien vorüber sind ...» Sie hatte ebenfalls ein süßes Stimmchen drauf, wenn sie wollte – nur tat sie das nicht immer. «Ja? Bitte sag ja!»

Unschlüssig schaute Vater zu Mutter. «Was meinst du dazu?»

Sie schürzte die Lippen. «Wenn die Kids den Schmutz selbst wegmachen ...»

«Klar tun wir das!» versprach Raffi.

«Ganz bestimmt?» Vater zögerte. Nach einer Weile sagte er: «Na gut – okay!»

«Super!» riefen die Kinder gleichzeitig, und auf Opas Gesicht breitete sich ein zufriedenes Lächeln aus.

«Fürs Putzen sind wir eh Spezialisten», scherzte Simon. «Neuerdings sind ja sogar unsere Buketts mit Handbesen geschmückt!»

Verwundert furchte Vater die Stirn. «Was?»

«Nichts, nichts», kicherte Debora.

Die Kids warfen sich einen verschmitzten Blick zu.

«Und nun haben wir noch eine gute Nachricht», eröffnete Mutter. «Übermorgen kommt Silvia aus der Stadt zurück – ihr Haushaltskurs ist beendet. Und wir machen zu ihrer Begrüßung ein Riesenfest!»

«Stark!» Raffi freute sich schon jetzt. «Das wird mega toll. Klasse, Mann!»

Wer ist X?

3

Mit rotem Farbstift kritzelte eine Hand auf ein kariertes Blatt Papier die Worte:

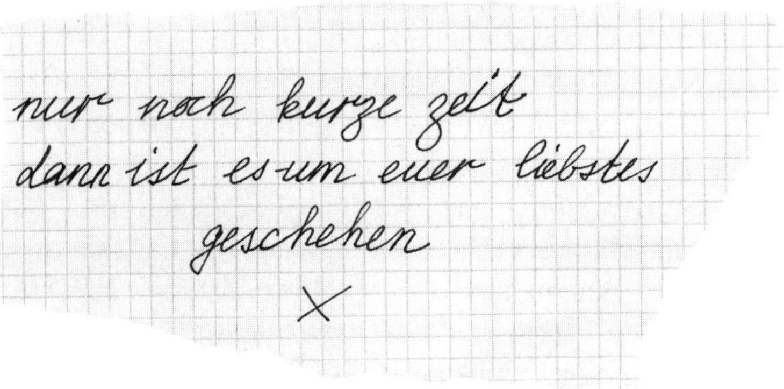

nur noch kurze zeit
dann ist es um euer liebstes
geschehen
X

Die Hand gehörte einem dünnen Jungen, der für seine 15 Jahre eher klein war. Er trug eine coole Markenjeans, und in sein silbernes Armband war der Name Manfred eingeprägt.

Der Teil des Zweierzimmers, den er bewohnte, enthielt eine nüchterne, zweckmäßige Einrichtung: Schreibtisch, Bett, Schrank, Büchergestell, das war alles.

Während Manfred den karierten Papierbogen faltete, dachte er darüber nach, wie er aus dem Erziehungsheim hier abhauen könnte. Er würde die erstbeste Gelegenheit nützen, und die käme schon bald – sehr bald. Den Alltag hier drin empfand er als totale Zumutung. Jeden Morgen um 6 Uhr 30 aufstehen, Frühstück, Küchendienst, Schule im Haus. Nach dem Mittagessen und einer Stunde Ruhepause schon wieder Schule. Zimmer aufräumen, Hausaufgaben machen, und dann das Schlimmste: Gartenarbeit oder Stalldienst bei den Ziegen – je nachdem, wo man gerade eingeteilt war. Doch das spielte gar keine Rolle, beides war für ihn der pure Horror: Da machte man sich die Hände schmutzig, es miefte nach Dung und man musste richtig schuften. Sollten die doch ihren Ziegenkäse und ihr Bio-Gemüse von nun an selber herstellen!

Manfred schaute auf seine Swatch. Fast 20 Uhr. Rasch steckte er das Blatt mit der Drohbotschaft in einen Umschlag und schrieb die Anschrift der Kaminskis darauf. Zum Glück überprüften sie im Heim nur die ankommenden Pakete – um sicherzustellen, dass keine unerlaubten Gegenstände wie Alkohol, Handys oder sonst was ins Haus kämen. Die abgehenden Briefe lasen sie nicht.

Trübsinnig betrachtete er das Foto, das hinter dem Schreibtisch an der Wand hing. Es zeigte ein lächelndes Paar mit Baby. Vater, Mutter und er, als er noch klein war. Wenn er an seine Eltern dachte, fühlte er sich gleich noch einsamer hier. Wie irgendwo im Weltall alleine ausgesetzt. Kein Mensch mochte ihn, und er mochte auch keinen. Brennendes Heimweh breitete sich in ihm aus. Obwohl Vater und Mutter alles verbockt hatten – es war hundemies gewesen bei ihnen, aber immer noch besser als im Heim. Die Betreuer und der Direktor waren zwar ganz nett. Aber trotzdem.

Manfred riss seinen Blick von der Fotografie los. An allem waren nur die Kaminskis schuld. Sie hatten ihn verfolgt und in die Arme der Polizei getrieben. Er zog den Brief nochmals aus dem Umschlag und überflog die Zeilen. Diesen Kids würde er's so richtig zeigen und sie an der Stelle kriegen, wo's ihnen am meisten wehtat. Er würde ihren Hund killen – den Köter, der damals mitgeholfen hatte, ihn zu überführen.*

Als die Tür aufsprang, zuckte Manfred zusammen. Hastig schob er den Drohbrief unter ein Schulheft.

Sein Zimmergenosse kam herein.

«Was versteckst du denn da Schönes?» Oliver setzte sich aufs Bett. In seinem Teil der Bude waren die Wände mit Postern von Heavy-Metal-Bands tapeziert. «Ey, Manne, hast du keine Lust zum Tischfußball gehabt? Die Spiele im Aufenthaltsraum sind doch noch das Beste in dem blöden Heim!»

«Bin erst unter die Dusche gekommen, als die Pause schon fast zu Ende war. Hat sich nicht mehr gelohnt.»

Überrascht sah Oliver auf. «Du bist doch als Erster in den Duschraum gegangen.»

---

* Siehe: Die Kaminski-Kids in *«Mega Zoff!»*.

«Als Erster, als Erster», äffte Manfred ihn nach. «Schon klar, aber die anderen haben sich vorgedrängt! War nichts zu machen.»

«Du musst dich eben auch vordrängen. Null Problem.»

«Für dich nicht – wenn sie dich kommen sehen, gehen sie schon von selbst zur Seite.»

Darüber konnte Oliver kaum seinen Stolz verbergen. Er war mindestens einen Kopf größer und stämmig gebaut. «Wie wär's mit einem kleinen Deal?» Neugierig deutete er auf das Schulheft. «Du zeigst mir, was du da drunter versteckt hältst, und ich verrate dir etwas, das dich ganz bestimmt nicht kalt lassen wird.»

Manfred überlegte. Vertrauen konnte er dem Jungen auf keinen Fall. Aber wenn der sich mit Gewalt nehmen würde, was er wollte, gäbe es keine Chance, ihn daran zu hindern. Also war's immer noch besser, freiwillig mitzumachen. Außerdem interessierte ihn die geheimnisvolle Neuigkeit brennend.

«Okay. Abgemacht.» Er zog das karierte Blatt unter dem Heft hervor.

Enttäuscht blickte Oliver darauf. «Das ist alles? Ich hab gedacht, es wäre was Aufregenderes.»

Rasch faltete Manfred den Papierbogen wieder. «Pech gehabt! Also – nun lass deine Ansage rüberwachsen!»

Der andere streckte sich genüsslich auf dem Bett aus und legte eine CD von «Metallica» in den Discman. «Kannst du schweigen?»

«Was glaubst du denn, wie man sich sonst über Wasser hält?» Fahrig schob Manfred den Drohbrief in das Kuvert und klebte es zu.

Olivers Miene spannte sich an. Er stand auf, kam herüber und flüsterte: «Ich weiß jetzt, wie wir abhauen können! Wir verschwinden noch diese Nacht!»

Ein Funkeln huschte über Manfreds Gesicht. Nun wäre es endlich so weit! Die Kaminskis konnten sich auf eine unliebsame Überraschung gefasst machen, die sie nicht so schnell vergessen würden ...

Die Kids kauerten in Opas Zimmer um Zwockel herum auf dem Fußboden. Der Collie lag wohlig in dem Hundekorb, den sie aus dem Schuppen geholt und mit einer Wolldecke gepolstert hatten.

Im schwachen Licht der Nachttischlampe saß Großvater auf dem breiten Bett mit der blauweiß gemusterten Daunendecke.

«Jetzt wird's aber Zeit für euch zum Schlafengehen», brummte er.

«Wisst ihr noch, wie wir Zwockels Namen erfunden haben, als er ganz klein war?» Simon streichelte dem Collie über die Stirn. «Das war hier drin, in diesem Zimmer.»

«Klar!» Raffi guckte ihn keck an. «Ich wollte das Hündchen ‹Zwerg› nennen, weil es doch so winzig war.»

«Und mein Vorschlag war ‹Jockel›», erinnerte sich Debora. «Aber da hatte Opa die Idee, eine Mischung von Zwerg und Jockel zu nehmen: Zwockel!»

«Guter Name, nicht?» schmunzelte Großvater.

Der Hund jaulte leise, und Raffi klopfte ihm auf den Rücken. «Ja, bist ein Lieber!»

«Ein mega Lieber sogar!» Widerwillig stand Simon auf. «Dann müssen wir wohl ...»

Sofort rollte Zwockel sich auf den Rücken, wobei seine Hundemarke gegen das Kettchen klimperte.

«Nehmt ihm bitte das Halsband ab», sagte Opa. «Bei dem Geklirre kann ich nicht einschlafen.»

Debora löste das Band und legte es auf den Nachttisch. Dann machten sich die drei auf den Weg. «Pass gut auf ihn auf, Opa, ja?»

Er nickte. «Schlaft gut!»

Die Kids schlossen die Kammertür hinter sich.

Mit den Händen voran tastete sich Großvater durchs Zimmer und öffnete die Tür wieder einen Spaltbreit. «Nur für den Fall, Zwockelchen, dass du mal rausmusst in der Nacht», murmelte er liebevoll. «Könnte ja sein, nicht?»

Flucht in der Nacht

4

Ein Piepsen drang in Manfreds Bewusstsein. Mühsam sperrte er die Augen auf. Die Pieptöne kamen aus der Swatch. Es war 5 Uhr 30 früh, und auf einen Schlag fiel ihm ein, weshalb er den Wecker gestellt hatte. Rasch stieg er aus dem Bett und schlüpfte in die Jeans.

Durchs Fenster sickerte der Schein der Straßenlampe ins dunkle Zimmer.

Oliver war bereits angezogen und schnürte seine Kampfstiefel. «Mach schon! Die Betreuer schlafen alle, aber nicht mehr lange!»

Aufgeregt warf Manfred die Jacke über und stopfte den Umschlag mit dem Drohbrief in die Innentasche. Sein Geld und seine wenigen Habseligkeiten hatte er am Abend bereits eingesteckt. «Okay. Wir können.»

Leise öffnete Oliver die Tür und linste in den Flur.

Leer. Niemand zu sehen.

Im Finstern tappten die Jungs zur Treppe. Vorsichtig stiegen sie ins Erdgeschoss hinab und schlichen durch den Korridor zur Haupteingangstür.

Oliver drückte die Klinke. «Hätte ich mir denken können. Abgeschlossen!»

Kribbelig schaute Manfred sich um. Falls das die ganze Superidee von Oliver-Schlaukopf war, dann gute Nacht. Wenn jetzt jemand käme, wären sie geliefert.

Ohne ein Wort folgte er ihm zu den Toiletten. Aber das Fenster dort ließ sich nur mit einem Schlüssel öffnen, und den hatten bloß die Leiter.

«Was machen wir jetzt?» Nervös sah Manfred ihn an. Unsicherheit kroch in ihm hoch.

Oliver zuckte die Schultern. «Dann müssen wir eben oben raus!»

Sie wollten zur Treppe zurück. Doch plötzlich tapsten kaum hörbare Schritte auf sie zu. Wie angewurzelt blieben die Jungen stehen.

Angestrengt starrten sie in die Dunkelheit. Das Tapsen kam immer näher.

In der Schwärze war eine Bewegung auszumachen. Die Umrisse eines kleinen Tiers tauchten auf. Miauend strich eine der drei Heimkatzen heran.

«Mistviech!» zischte Oliver. «Schock mich nicht noch mal, du!»

Die Mieze wich erschrocken zurück und sprang auf ein Gestell zwischen zwei kleine Blumentöpfe. Dabei streifte sie den einen mit dem Schwanz.

Der Topf rutschte zur Kante vor und kippte. Ganz, ganz langsam fiel er zu Boden und zerdepperte mit einem Höllenkrach. In den Ohren der Jungs lärmte es wie Sirenengeheul.

Sofort ging Licht an drüben im Trakt, wo die Nachtschicht auf Abruf döste.

Blitzschnell pressten sich die beiden in einer Nische gegen die Wand.

Ein Betreuer öffnete das Sichtfenster und spähte in den Korridor herüber.

Mit rasenden Herzen hielten die Jungen den Atem an. Manfred hatte das Gefühl, er platze gleich.

In diesem Moment flitzte die Katze an ihnen vorbei und sauste durch das Blickfeld des Betreuers.

«Ach, du warst das!» murmelte er.

Kopfschüttelnd schloss er die Luke wieder. Wenig später verlöschte das Licht im Trakt.

Die Jungs atmeten auf. Nun war im Haus kein Geräusch mehr zu hören.

Sie schlichen die Treppe hoch in ihr Zimmer.

«Grade noch mal gut gegangen!» flüsterte Manfred. Er trat zum Fenster und schaute auf die schmale Straße hinab. «Poa! Viel zu hoch zum Springen!»

«Wir springen ja auch nicht, du Dösel!» Oliver riss das Laken von seinem Bett und verknotete es mit der Wolldecke. «Eins reicht nicht! Nimm deine auch!»

Manfred zögerte.

«Na mach schon!»

Widerstrebend zog er das Laken ab.

Da war Oliver schon bei ihm und verknüpfte die Leintücher. Dann band er hastig ein Ende am Heizkörper fest. Er öffnete das Fenster und warf den Rest des Strangs hinaus.

Behände kletterte Oliver hinaus und ließ sich der Mauer entlang hinab. Unten setzte er mit einem dumpfen Plumps auf dem Gehsteig auf. Er lächelte siegessicher zum Fenster hoch.

Manfred lächelte nicht. Während er unentschlossen in die Tiefe stierte, wandte Oliver sich einfach ab und schlenderte über das Sträßchen davon.

Jetzt gab sich Manfred einen Ruck. Ungelenk stieg er auf die Fensterbrüstung. Er klammerte sich verbissen an den Lakenstrang und seilte sich strampelnd ab.

Doch auf halber Höhe blieb er mit den Jeans am

Regenabflussrohr hängen. Er zerrte, und ein langer Riss ratschte in seine Hose. «Elender Mist!»

Wenigstens war er nun fast unten. Das letzte Stück ließ er sich fallen. Er prallte auf dem Gehsteig auf, taumelte und wäre beinahe gestürzt.

Rasch blickte er sich um. Kein Mensch weit und breit. Nur sein Kumpel wartete auf der anderen Straßenseite vor den Ziegenstallungen.

Erleichtert blies Manfred Luft aus. Endlich wieder freien Boden unter den Füßen. Ein cooles Gefühl.

Vor Kälte fröstelnd schlug Manfred den Jackenkragen hoch. Oliver hielt eine Tüte in den Händen und ließ ihn einen Blick hineinwerfen. Im Schein der Straßenlampe erkannte er zwei Handys und zwei Messer.

«Wo hast du die denn her?»

«Hab ich im Stall versteckt, unter einem Balken, bevor ich ins Heim ging – beim Eintritts-Check hätte ich das ja unmöglich vorbeischummeln können.» Oliver steckte ein Messer ein und gab ihm das andere. Dann schob er eines der Handys in seine Jackentasche. «Das ist mein eigenes!»

Manfred deutete auf das zweite. «Und wem gehört das da?»

«Einem Jungen aus dem Heim. Ich bin ja nicht der Einzige, der das Versteck im Stall kennt!» Fies grinsend hielt er ihm das Handy hin. «Hier. So ’n Ding kann auf der Flucht krass nützlich sein.»

«Bist du denn schon mal abgehauen?»

Oliver nickte und marschierte mit verschlossenem Gesichtsausdruck los. Manfred musste fast rennen, um sein Tempo mitzuhalten.

Sie eilten die schmale Straße entlang durch das nachtschlafene Dorf. Atemwolken stiegen aus ihren Mündern auf.

«Wohin gehst du jetzt?» keuchte Manfred.

«Zu Bekannten in der Stadt. Und du?»

«Ich hab noch eine Rechnung zu begleichen ...»

Neugierig schaute der große Junge zu ihm herab. «Wie meinst du das?»

«Ich kill den Hund der Kaminskis.»

«Die kenn ich nicht. Aber ich hasse Hunde!»

«Hast du vielleicht Lust mitzukommen?»

«Kleiner Abstecher, bevor ich in die Stadt fahre? Klingt gar nicht so übel.» Nachdenklich spuckte Oliver zu Boden. «Warum nicht? Zeit hab ich ja bis zum Umfallen. Klar, Mann!»

Manfred lächelte. So einen Kraftbrocken bei sich zu haben, könnte bestimmt nicht schaden.

Im Vorbeigehen schnappte Oliver aus einem Briefkasten die Morgenzeitung. Ohne anzuhalten, riss er einen Teil der Titelseite ab, kritzelte seine Handy-Nummer darauf und drückte Manfred den Papierfetzen in die Hand. Den Rest der Zeitung warf er achtlos weg.

Sie ließen die letzten Häuser hinter sich. Außerhalb des Dorfes mündete das Sträßchen in eine Fernstraße. Die Jungs stellten sich an den Seitenstreifen, um per Anhalter von hier wegzukommen.

Um diese Tageszeit brauste nur alle paar Minuten ein Wagen vorbei. Helle Scheinwerfer blendeten auf, rote Schlusslichter verschwanden in der Dunkelheit.

Keiner hielt an.

Schlotternd hopsten sie auf und ab, um sich ein bisschen Wärme zu verschaffen.

Das nächste Fahrzeug verlangsamte und bremste knapp vor ihnen. Es war ein Kombi mit der Firmenaufschrift eines Wäscherei-Dienstes. Die Scheibe surrte hinunter.

«Wo wollt ihr denn schon so früh hin?» Der Fahrer trug einen zottigen Bart und sah gutmütig aus.

«Wohin fahren Sie?» fragte Manfred zurück.

Der Bärtige nannte einen Ort, der nur drei Dörfer von dem der Kaminskis entfernt war.

«Klasse!» Manfred öffnete die Hintertür und zwängte sich auf dem Rücksitz neben Kunststoffboxen mit frisch gebügelter Hotelbettwäsche, während Oliver vorne einstieg.

«Mach mir die Sachen nicht schmutzig», brummte der Mann mit einem Blick in den Rückspiegel und fuhr an.

«Keine Bange. Ich bin sauber!»

Im Auto war es schön warm. Aus dem Radio dudelte ein Country-Song.

«Können wir nicht was Besseres einlegen?» motzte Oliver und kramte die Metallica-CD aus seiner Innentasche.

Verstohlen grinste Manfred in sich hinein. Wenn

alles gut ginge, wären sie schon bald bei den Kaminskis. Und dann ...

Zwockel streckte seine Glieder, richtete sich auf und schüttelte sein Fell. Verwundert betrachtete er Opa, der im Bett dröhnend schnarchte.

Durch das Fenster fiel die rötliche Dämmerung des neuen Tages in die Kammer des Holzgebäudes.

Der Collie stieg aus dem Korb und tippelte zur Tür. Hier schaute er sich nochmals um. Opa brummte etwas. Es sah ganz so aus, als würde er aufwachen. Doch dann wischte er sich bloß über die Wange und sägte weiter. Der alte Mann schlief wieder tief und fest.

Zwockel stupste mit der Nase die Tür auf, und sie schwenkte knarrend zur Seite. Durch den Spalt schlüpfte der Hund hinaus. Im Flur bog er über den Verbindungsgang zum Blumengeschäft ab.

In dem hohen Gebäude schlug ihm ein erdiger Geruch entgegen. Früher war das hier eine Scheune gewesen, bevor die Kaminskis sie zu einem Blumenladen umgebaut hatten.

Neugierig schnupperte Zwockel an den Pflanzen, die aus Zinn- und Kupferkübeln wuchsen. Alles um ihn herum war in Stille getaucht. Schließlich verlor er die Lust an dem wunderlichen Grünzeug. Seine Pfoten schrappten auf dem kalten Steinboden zum rückwärtigen Liefereingang hinüber.

Vor dem Holzregal, das unter der Lüftungsluke stand, nahm er Anlauf. Mit einem Satz in die Höhe landete er auf dem obersten Brett. Das Regal schwankte bedrohlich. Ängstlich starrte der Collie um sich, bis das Geschaukel aufhörte. Erst dann wagte er sich zur Luke, schob den Kopf hindurch und linste ins Freie.

In den Bäumen zwitscherten Vögel, und jenseits der Gewächshäuser rauschte der nahe Fluss.

Der Hinterhof war menschenleer. Außer den Kisten und den Pflanzenerde-Säcken gab es nichts Auffallendes zu entdecken.

Zwockel presste sich durch die Öffnung. Geschmeidig hüpfte er auf den Brennholzstapel unter sich und sprang von da aufs Steinpflaster hinab.

Hier schüttelte er sich fürs Erste mal kräftig. Nach einem rekordverdächtigen Gähner tappte er zum Busch neben dem Treibhaus und verschwand dahinter.

Er schaute sich nach allen Seiten um und schnüffelte ausgiebig.

Dann endlich kauerte er sich hin und begann ins Gebüsch zu pinkeln.

Gift

5

Der Wäscherei-Kombi hielt im Vormittagsverkehr bei einem Supermarkt an.

«Recht schönen Dank auch!» sülzte Manfred.

Die beiden Jungs stiegen aus und knallten die Türen mit großer Wucht zu.

«Volltrottel!» Oliver streckte dem wegfahrenden Auto den Stinkefinger hinterher. «Nicht mal anständige Musik hat der Sabberlappen eingeworfen! Immer dieses Gruftie-Geschrummel!»

«Und dieser Bart! Na ja, jetzt lass uns erst mal 'ne Stärkung für die Weiterreise besorgen.»

Sie traten in den Supermarkt. Zielstrebig holten sie ein Sixpack Bier und vier Schachteln Zigaretten.

An der Kasse kaufte vor ihnen eine Frau mit langem blondem Haar Rattengift ein. «Ich habe Probleme mit den Schädlingen im Keller», erzählte sie. Doch niemand achtete besonders darauf.

Manfred schnappte sich ein Feuerzeug aus dem Ständer und ließ es unauffällig in seine Jackentasche gleiten.

Als die Jungs an der Reihe waren, schaute die Kassiererin sie kühl an. «Kann ich mal euern Ausweis sehen? Wegen dem Alkohol, ihr wisst schon.»

«Die Sachen sind für unsern Papi», behauptete Manfred seelenruhig.

«Und ich bin dann wohl die Kaiserin von China», versetzte die Frau.

Die Leute in der Schlange wurden allmählich ungeduldig. «Was ist denn da vorne los?» rief ein junger Mann in Geschäftskluft. «Ich hab's eilig!»

Gestresst verdrehte die Kassiererin die Augen und tippte die Beträge ein. Manfred konnte ohne weitere Probleme bezahlen.

Vor dem Laden klopfte Oliver ihm auf die Schulter. «Das hast du ja toll hingekriegt. Nächstes Mal hol ich das Zeug alleine. Mich fragen sie nämlich fast nie nach dem Ausweis.»

«Du bist eben groß», lobte ihn Manfred und dachte: «Groß und dumm wie eine Fahnenstange.» Aber das sagte er ihm natürlich nicht!

Sie öffneten zwei Dosen Bier und steckten sich Zigaretten an. Gelangweilt ließ Oliver einen dicken Speichelfaden zu Boden tropfen.

Doch Manfred wollte weiter. «Komm los, Mann!» Er konnte es kaum erwarten, bei den Kaminskis einzutreffen.

Am Nachmittag tollten die Kids mit Zwockel auf dem Hof in der warmen Frühlingssonne. Wenn sie den Collie immer um sich hätten, könnte ihm der Hundetöter nichts anhaben – dachten sie. Im Augenblick berieten die drei, wie sie den Collie für Silvias Begrüßungsfest schmücken könnten.

«Wir binden ihm eine Schleife ins Fell», schlug Raffi vor. «Schließlich ist Zwockel ein Weibchen.»

Simon schüttelte den Kopf. «Damit würde sich der Hund bestimmt nicht wohl fühlen.»

Hechelnd rannte Zwockel einer Fliege hinterher und versuchte immer wieder, sie mit dem Maul zu erwischen.

«Was schenkt ihr Silvia morgen eigentlich?» wollte Raffi wissen.

«Hey, da dran hab ich noch gar nicht gedacht!» Simon musterte die Kleine. «Weißt du denn schon was?»

«Mhm. Ich mal ihr ein schönes Bild!»

Debora strich sich eine Haarsträhne hinters Ohr. «Hoffentlich hat sie auch wirklich gut kochen gelernt in dem Kurs.»

«Wisst ihr noch, ihre Marmelade?» schmunzelte Simon. «Die kriegte man nur mit dem Brecheisen aus dem Glas, weil sie so hart eingekocht war!»

Raffi nickte grinsend. «Und die Kleider für meine Puppe! Meine eigenen Kleider passten meiner Puppe, nachdem Silvia die Wäsche viel zu heiß gewaschen hatte!»

Nun mussten alle drei loslachen. Es war zu komisch, an die früheren Missgeschicke des Hausmädchens zu denken.

«Leute, ich hab eine Idee!» Genüsslich zückte Debora ihr Handy, das sie zum Geburtstag bekommen hatte. Obwohl Simon zwei Jahre älter war als sie, wollte er kein eigenes Mobiltelefon haben. Und Raffi hielt sich mit neun noch ein bisschen zu jung dafür.

Debora schrieb eine SMS-Nachricht und zeigte ihren Geschwistern die eingetippten Worte:

LIEBE SILVIA, WIR FREUEN UNS, DASS DU ZURÜCKKOMMST!

Dann drückte sie die «Okay»-Taste für Senden.

Es dauerte nicht lange, bis das Handy zu piepsen begann. Auf dem Display erschien Silvias Antwort:

ICH MICH AUCH! BIS MORGEN!

Währenddessen verschwand Zwockel, weil die Kinder nicht mehr mit ihm spielten. Unbemerkt flitzte er hinters Haus zu den Pflanzentunnels.

Manfred und Oliver stapften auf dem Feldweg in Richtung Kaminski-Hof. Kein Autofahrer hatte sie mehr mitgenommen. Sie mussten die ganze Strecke zu Fuß latschen: Von der Stadt mit dem Supermarkt immer die Landstraße entlang – das war ganz schön weit. Die Abenddämmerung hatte bereits eingesetzt. Rosa Wölkchen hingen am Horizont.

Genervt stöhnte Oliver auf. «Mann, ich kriege bald Blasen!» Die Bierdosen waren längst leer, und seine Stimmung sank dem Tiefstpunkt entgegen.

«Es ist nicht mehr weit ...», beschwichtigte Manfred. Er hatte absichtlich den Pfad um das Dorf herum gewählt, um keinem seiner früheren Nachbarn über den Weg zu laufen.

Schlapp blieb Oliver stehen und zündete sich eine Zigarette an. «Du bist das erste Mal abgehauen, stimmt's?»

«Und du? Das wievielte Mal?»

«Hab ich nicht gezählt», murmelte Oliver. «Früher war ich in einem privaten Institut – so ein Laden, wo nur Jungs aus besserem Haus sind.» Verächtlich schnippte er die Asche ab. «Da hab ich's auch nie lange ausgehalten. Todlangweilig. Meine Eltern wollten immer nur das Schniekste für mich, die ersticken fast in der Kohle. Aber das ist gar nicht das, was ich will.»

«Bei mir ist's ganz anders», warf Manfred ein. «Ich muss mir immer selber nehmen, was ich will. Mein Alter verprügelt mich dauernd, wenn er besoffen ist. Und das ist er ständig, deshalb hängt er jetzt in einer Trinkerheilanstalt fest. Und meine Mutter hat sowieso nie Zeit – die muss arbeiten, weil er ja nichts heimbringt.» Vorsichtig schielte er Oliver von der Seite an. «Weswegen haben sie dich eigentlich ins Heim gesteckt?»

«Ich hab 'n paar Verfahren vom Jugendstrafgericht am Hals ... Aber lassen wir das.»

«Na komm, erzähl schon!»

Hoch über ihnen brummte ein Flugzeug vorüber.

Oliver blies Rauch aus. «Prügeleien eben ... und solche Sachen. Ich lass mir nicht auf'm Kopf rumtanzen. Ich wehr mich halt, wenn man mich blöd anmacht.» Gereizt spuckte er zu Boden. «Einmal hat einer 'ne Stichwunde davongetragen. Aber der Dösel war selber schuld!» Er ließ die Kippe fallen und zerdrückte sie mit dem Schuh.

«Dann wollen wir mal. Jetzt kaufen wir uns diesen Köter!»

Sie trotteten weiter. Hinter der nächsten Biegung kam der Kaminski-Hof in Sicht, und Manfreds Herz schlug gleich höher.

Im Schutz der Dunkelheit schlichen die beiden Jungs zu den Pflanzentunnels.

Den Hund erledigen

6

Bei den finsteren Treibhäusern huschten Manfred und Oliver hinter den erstbesten Busch. Doch dort matschte es eklig unter ihren Schuhen.

«Was ist denn das?» Manfred bückte sich. «Wäää! Hundekacke!»

Angewidert verzog Oliver das Gesicht. «Meine schönen Stiefel! Wenn die im Eimer sind, flipp ich aus! Ein Grund mehr, den Köter umzulegen!»

Sorgfältig wischten sie im Gras die Sohlen ab, doch die mieften auch danach noch ganz schön. Als die Jungs mit der Putzerei fertig waren, umrundeten sie das Haus in großer Entfernung.

Inzwischen war es Nacht geworden. Der Mond hing wie eine dicke Melonenscheibe am schwarzen Himmel.

Von der anderen Seite her schlichen sich die beiden an und gingen hinter dem geparkten Lieferwagen des Blumengeschäfts in Deckung. Von hier hatten sie eine gute Sicht auf den Hof. Im Laden brannte noch Licht. Auch im Erdgeschoss des Haupthauses war ein Fenster erleuchtet. Dahinter saßen Simon, Debora und Raffi am Tisch.

«Das sind sie!» Manfred hielt den Atem an. «Bloß, wo steckt der Hund?»

«Wahrscheinlich in der Hütte dort neben der Vor-

treppe», murmelte Oliver. «Und? Wie machen wir das Vieh alle?»

«Zu nahe rangehen können wir nicht, sonst bellt der bestimmt wie verrückt.» In der nächtlichen Kälte rieb sich Manfred die Hände. «Mist, dass wir nicht früher dran gedacht haben! Gift! Die Frau im Supermarkt hat doch Rattengift gekauft – das würde in der richtigen Dosis sicher auch für einen Hund ausreichen.»

«Wir haben aber zufälligerweise kein Gift dabei.» Oliver spuckte zur Abwechslung mal wieder auf den Boden. «Lass uns den Köter doch einfach mit einem Knüppel fertig machen! Wir locken ihn her und zack!, ist die Sache erledigt.» Ohne eine Antwort abzuwarten, holte er einen Stock, der in der Nähe lag, prüfte dessen Stärke und lächelte zufrieden.

«Und wie willst du ihn herlocken?»

«Wie wohl?» Angriffslustig schaute Oliver ihn an. «Worauf sind Hunde denn scharf? Worauf, hää? Auf Katzen natürlich, du Nülpe!»

Doch Manfred war sich der Sache nicht so sicher. «Ob das wirklich klappt?»

«Aber logo.» Oliver begann laut zu miauen.

Angespannt starrten beide Jungs zum Hundehäuschen hinüber.

In der Küche fertigten die Kids ihre Geschenke für Silvia an. Die Hängelampe strahlte warmes Licht aus, was den Raum gemütlich und anheimelnd machte.

«Dieser Drohbrief», überlegte Simon. «Könnte das vielleicht doch nur 'n übler Scherz gewesen sein?»

«Wär mir jedenfalls lieber, als wenn's ernst gemeint wäre», fand Debora.

Raffi war in ihre Zeichnung von Zwockel vertieft und summte leise ein Liedchen.

Hätten die drei geahnt, wie nah die Gefahr vor ihrer Tür lauerte, wären sie kaum so ruhig geblieben.

«Wer könnte den Brief bloß geschrieben haben?» Debora malte ein Bild ihres Pferdes, der Friesenstute Fanny mit den prachtvollen Ringellocken, und klemmte bei schwierigen Stellen ihre Zungenspitze zwischen die Lippen.

Neben ihr bastelte Simon eine Mausefalle. Mit kleinen Nägeln befestigte er ein Drahtgehäuse auf einem Brettchen.

«Wo soll Silvia die Falle denn hinstellen?»

«Na, in ihr Zimmer natürlich!»

«Im Obergeschoss gibt's doch aber nur ganz selten Mäuse.»

«Schon, aber Silvia hat solche Angst vor ihnen, dass sie sich bestimmt über das Geschenk freuen wird!»

Raffi, die ihre Zeichnung schon fast zu Ende hatte, blickte plötzlich auf. «Hört ihr dieses Miauen da draußen auch?»

«Mhm», nickte Debora. «Das ist bestimmt die Katze des Nachbarn – die schleicht mal wieder auf dem Hof herum.»

Simon legte die Springfeder hin. Neugierig trat er ans Fenster und linste hinaus. «Alles dunkel – nichts zu erkennen.» Dann hatte er eine Idee. «Kommt, wir gehen mal vors Haus nachsehen!»

Oliver gab das Miauen auf und funkelte gefährlich aus den Augen. «Ist dieser blödsinnige Köter denn schwerhörig?»

«Vielleicht schläft er», flüsterte Manfred.

«Das Vieh hat aber einen tiefen Schlaf!» Ungeduldig klopfte er mit dem Knüppel in seine Handfläche. «Wir müssen näher ran!»

Manfred dachte kurz nach. «Weißt du was? Du schleichst rüber, und ich pass hier so lange auf, dass nichts schief geht.»

«Mister Oberschlau, was?» lächelte Oliver. «Bist du krank im Kopf? Du gehst mit!»

«Gut, wenn du unbedingt auf Rückendeckung verzichten willst ... Also los, Mann! Aber vorsichtig!»

«Mach dir mal nicht in die Hose!»

Die Jungs huschten über den Vorplatz. Plötzlich bemerkten sie einen Schatten am Fenster.

Hastig pressten sie sich gegen die Hauswand, und Oliver zückte sein Messer. «Nur für den Fall, dass jemand rauskommt!»

Das ging Manfred nun entschieden zu weit. Aber er sagte kein Wort.

Bis zur Hundehütte fehlten nur noch wenige Schritte. Auch aus der Nähe war im Finstern keine Regung zu entdecken.

Als die Jungen dachten, die Luft wäre rein, wagten sie sich weiter vor.

Sie bückten sich und stierten in das Holzhäuschen.

Auf dem Boden lag eine zusammengeknüllte Wolldecke. Abgesehen davon war die Hütte leer.

«Das gibt's doch nicht!» zischte Manfred. «Mist, Mist, Mist!»

Im Flur legte Raffi die Hand auf die Haustürklinke, um nach draußen zu gehen. Da rief Mutter durch den Verbindungsgang vom Laden herüber.

«Kinder! Zeit zum Schlafengehen!»

Wie fast jeden Abend arbeiteten die Eltern noch. Vater erledigte Bürokram, während Mutter Blumenbuketts gestaltete, die am nächsten Tag ausgeliefert werden mussten.

«Und nun?» Raffi guckte ihre Geschwister fragend an. «Was machen wir nun?»

«Nur rasch einen Blick rauswerfen. Das dauert nicht lange», drängte Simon.

Doch die Mädchen zögerten.

«Ach, kommt! Macht ihr jetzt auf Musterkindchen, oder was?»

«Ich hab mein Geschenk für Silvia noch nicht fertig», erklärte Debora. «Morgen kommt sie ja schon!»

«Und wir wollten doch Zwockel noch tschüss sagen bei Opa drüben», warf Raffi ein.

«Stimmt ja!»

Das gab den Ausschlag. Alle drei stürmten ins Badezimmer.

Vor dem Spiegel drängelten und schubsten sie. Jeder wollte als Erster das Zähneputzen hinter sich haben, damit mehr Zeit bliebe, mit Zwockel zu schmusen. Danach könnten sie in letzter Sekunde nach oben rasen, bevor Mutter und Vater kämen, um ihnen den Gutenachtkuss zu geben. So würden sie rechtzeitig in ihren Betten liegen, selbst wenn sie – was schon ab und zu vorkam – unter ihren Pyjamas noch die Kleider trugen ...

Im Dunkeln hinter dem Lieferwagen fröstelten Manfred und Oliver vor Kälte.

«Der Hund muss im Haus sein», vermutete Manfred. «Aber der kann ja nicht den ganzen Tag drinnen bleiben – irgendwann muss er rauskommen, und dann werden wir ihn erwischen!»

«Fragt sich bloß, wann», brummte Oliver. Er sah ganz so aus, als würde er allmählich die Lust verlieren.

Manfred klopfte ihm auf die Schulter. «Wir kommen morgen zurück, und dann schicken wir den Köter in den Hundehimmel!»

Dumpf blickte Oliver sich um. «Und wo sollen wir deiner Meinung nach übernachten?»

«Ich hab 'nen Kumpel von früher hier in der Gegend.» Manfred kramte das Handy hervor. «Ergün. Der wird uns bestimmt helfen.» Er tippte die Nummer, die er noch auswendig wusste, gleich ein.

Nach dem vierten Klingeln hob jemand ab. Ergün war selber am Apparat, und Manfred meldete sich.

«Du?» rief Ergün erstaunt. «Ich dachte, du wärst im Heim?!»

«Das war einmal», murmelte Manfred. «Erzähl ich dir alles später. Du, könnte ich vielleicht mit einem Kumpel bei dir schlafen?»

«Das ... das geht nicht.» Ergüns Stimme war anzuhören, dass er sich von Manfred nicht wieder in etwas reinziehen lassen wollte.

«Es ist aber ganz dringend.» Manfred suchte nach einer möglichst krassen Begründung. «Wir ... wir erfrieren sonst hier draußen! Komm schon – unter alten Freunden!»

Ergün zögerte. Dann wurde er schwach. «Na schön. Aber nur für eine einzige Nacht! Meine Eltern sind beim Begräbnis meiner Großmutter in der Heimat, deshalb hab ich sturmfreie Bude. Morgen kommen sie zurück – bis dann müsst ihr weg sein!»

«In Ordnung. Cool.» Manfred beendete das Gespräch und lächelte auftrumpfend. «Na, wer sagt's denn!»

Doch Oliver traute der Sache nicht so ganz. «Was für 'ne Sorte Typ ist denn das?»

«Ergün? Der ist okay. Wirst du schon sehen.»

«Also gut. Aber auf deine Verantwortung!»

Schlotternd machten sich die beiden auf den Weg.

Kurz bevor sie ins Dorfinnere kamen, stülpte Manfred die Kapuze über und zog sie tief ins Gesicht, damit ihn keiner erkennen würde. Man konnte ja nie wissen.

Spurlos verschwunden

7

Im hellen Licht des Frühlingsmorgens flocht Mutter den Mädchen viele kleine Zöpfe ins Haar. Die beiden wollten sich schön machen für den großen Augenblick – bald würde Silvia auf dem Hof eintreffen. Auch Simons Freund Loko war da, um mit den Kids die heimkehrende Haushälterin zu begrüßen. Loko hieß eigentlich Mehmet Gülgün, aber alle nannten ihn Loko, weil er so stark wie eine Lokomotive war. Er besuchte dieselbe Schulklasse wie Simon und war sein bester Freund.

Auf dem Vorplatz hatten die Kaminskis ein Tischchen mit Getränken und einigen Appetithäppchen zurecht gestellt. Geschäftig half Vater mit, die letzten Vorbereitungen zu treffen. Opa saß daneben auf der Bank und genoss die wärmenden Sonnenstrahlen. Die Luft war erfüllt vom süßen Duft der blühenden Sträucher und vom Pfeifen und Ziepen der Vögel.

«Da kommt sie!» rief Raffi plötzlich.

Tatsächlich bog Silvias alter VW von der Landstraße ein und hielt auf dem Kopfsteinpflaster an.

Als die Haushälterin ausstieg, erkannten die Kids sie kaum wieder. Sie trug die Haare nicht mehr blond, sondern naturgetreu schwarz. Nur die grüne Strähne war noch da.

Silvia wusste kaum, wo sie hinschauen sollte, weil die ganze Familie zu klatschen begann. «Ich hab doch keinen Oscar gewonnen, ey!»

«Schön, dass du wieder hier bist!» Mutter drückte ihr die Hand.

Mit einem schrägen Blick von unten herauf fragte Raffi: «Kannst du jetzt gut kochen?»

«Klar doch!» lachte Silvia. «Ich hab in dem Kurs lauter ‹sehr gut› geschafft! Außer in den Fächern, wo's nur zu einem ‹gut› oder ‹befriedigend› gereicht hat!» Sie griff in ihre Tasche und zeigte stolz ihre Abschlussurkunde vor, die bereits ein Eselsohr hatte.

Doch dann wurde sie ernst. «Ich, ähm ... möchte mich echt noch mal bei euch bedanken, dass ihr mir diese Ausbildung ermöglicht habt ... Obwohl ich euch doch damals in eine so bedrohliche Lage gebracht hab – das hätte wirklich ins Auge gehen können.»*

«Im Leben kann vieles schief gehen», brummte Opa. «Das Leben ist nun mal lebensgefährlich.»

Vater legte der Haushälterin die Hand auf die Schulter. «Ist doch längst vergeben. Jeder verdient die Chance auf einen neuen Start ...»

Seine Worte gingen im Gedröhn des wegfahrenden Lastwagens unter, der die Blumenlieferung gebracht hatte. Auf dem Vorplatz verbreitete sich eine stinkende Dieselwolke.

Silvia hob ihre Tasche auf. «Einen vermiss ich noch. Wo ist denn Zwockel?»

«Ich werd ihn holen – eben hab ich ihn noch hinterm

---

* Siehe: Die Kaminski-Kids in *«Übergabe drei Uhr morgens»*.

Haus gesehen!» Simon sauste hin. Doch schon wenige Momente später kam er wieder. «Da ist Zwockel nicht. Wo könnte er denn sonst sein?»

Augenblicklich liefen die Kids los. Debora sah im Haupthaus nach, die anderen suchten im Laden und rund um den Hof herum. Raffi überprüfte den Pflanzentunnel, wo Zwockels Nase mal hervorgeguckt hatte, aber auch dort gab es keine Spur von ihm. Enttäuscht rannte sie zu den anderen zurück.

Nach einer Weile waren alle wieder da. Keiner hatte den Hund gefunden.

Mutter und Vater warfen sich einen besorgten Blick zu. «Habt ihr wirklich überall nachgeschaut?»

«In jedem Winkel! Zwockel ist wie vom Erdboden verschluckt!»

«Wir hätten besser auf ihn aufpassen sollen!» stieß Raffi hervor.

«Ach, Kind.» Vater senkte den Kopf. «Du kannst doch einen Hund nicht den ganzen Tag einsperren.»

«Doch!» Raffis Lippen zitterten. «Jetzt ist es passiert! Der Hundetöter hat Zwockel mitgenommen!»

«Na, na», murmelte Opa. «Man muss nicht gleich ans Schlimmste denken.»

«Wer?» Silvia runzelte verwirrt die Stirn. «Was für ein Hundetöter denn?»

Die Kleine schluchzte laut auf, und Tränen liefen ihr die Wangen hinunter. «Zwockel ist tot! Er ist tot!»

Aufgewühlt trat Loko von einem Bein aufs andere.

Debora kämpfte mit sich, damit sie nicht auch noch zu weinen anfing. Sie schluckte leer und sprach kein Wort mehr.

«Komm, Loko!» rief Simon entschlossen. «Wir suchen die Umgebung ab – vielleicht ist Zwockel ja bloß einer Katze nachgerannt!»

«Bestimmt! So ist es doch allermeistens! Lass uns gleich nachsehen!»

Sofort zogen die beiden Freunde los. Während sie zu dem Feldpfad stapften, der zum Nachbarshof führte, hämmerten in Simons Ohren immer wieder Raffis Worte: «Zwockel ist tot, er ist tot ...»

Auf dem gleichen Feldpfad schlenderten Manfred und Oliver zur selben Zeit in Richtung Kaminski-Hof.

«War voll uncool, bei diesem Ergün zu schlafen», motzte Oliver. «Hart wie Stein auf dem Wohnzimmerboden. Wenigstens ins Bett seiner Eltern hätte er uns lassen können!»

«Immerhin hat er uns ein anständiges Frühstück serviert!»

«Das kannst du laut sagen! Fünf Spiegeleier für mich allein und mindestens so viele belegte Käsebrote.» Oliver rülpste genüsslich. «Das hat gut getan.»

«Und jetzt noch 'n paar Minuten, dann sind wir da und nehmen uns den Köter vor!»

«Diesmal wird das Vieh ganz schön dr…»

«Psst!» Manfred hielt den Finger an den Mund. «Ich hab wen gehört!»

Hastig duckten sie sich hinter die hohe Buchshecke am Wegrand. Unter ihren Sohlen zerquetschten Schlüsselblumen und Löwenzahnblätter.

Stimmen näherten sich. Jemand rief laut: «Zwockel! Zwooooockel!»

Die Jungs linsten durch das grüne Blattgeflecht und sahen Simon und Loko den Pfad entlangkommen.

«Wenn Zwockel nicht beim Nachbarsbauer ist», war Simon eben zu hören, «schauen wir nachher mal am Fluss unten nach.»

Loko nickte. «Irgendwo muss er doch sein – der Hund kann sich ja nicht in Luft aufgelöst haben.»

Als die beiden vorüber waren, zischte Oliver: «Die wissen ja selbst nicht, wo der Kläffer ist!»

Das war Manfred mittlerweile auch aufgegangen. Und diese Wendung der Dinge gefiel ihm überhaupt nicht.

«Mir reicht's langsam!» Oliver starrte ihn glühend an. «Wenn wir den Köter nicht kriegen, lass uns eben 'n paar Fensterscheiben einwerfen oder sonst was zusammenschlagen! Oder hast du etwa Schiss?»

«Schiss? Ha!» Manfred überlegte. «Zusammenschlagen ist gut! Wir könnten den jungen Kaminski vermöbeln! Aber dazu müssten wir ihn unbedingt alleine erwischen – sein Freund Loko ist zu stark.»

«Zu stark? Kann ich mir nicht vorstellen.» Lustlos hob Oliver einen Käfer auf, betrachtete ihn und riss ihm ein Beinchen aus.

Manfred zündete sich eine Zigarette an. Plötzlich blickte er auf. «Ich hab's!»

Während Oliver sich ein weiteres Bein des Tierchens vornahm, erklärte Manfred: «Wir locken Simon heute Nacht in einen Hinterhalt. Ich weiß auch schon, wie. Dazu brauchen wir nur noch 'n paar Kleinigkeiten aus dem Dorf ...» Voller Vorfreude klopfte er seinem Kumpanen aufs Knie. «Das wird heiß!»

«Endlich gibt's Action.» Zufrieden warf Oliver den Käfer in die Wiese hinaus.

Inzwischen waren Debora und ihre Freundin Suila mit den Pferden unterwegs, um die Gegend nach Zwockel abzusuchen. Die beiden Mädchen verband seit vielen Jahren eine tolle Freundschaft, und so war Suila sofort gekommen, um Debora in der Not zu helfen.

«Es wäre so schlimm, wenn wir Zwockel nicht mehr hätten», murmelte sie. «Ich weiß gar nicht, was wir ohne ihn ... Wir haben ihn so geliebt.»

«Vielleicht ist er ja schon bald wieder zurück ...»

«Und wenn nicht?»

Suila tätschelte ihrem Lipizzaner-Schimmel Lucy den Hals, weil ihr die Worte im Hals stecken blieben.

Die Stuten trabten zwischen umgepflügten Feldern zur Wohnsiedlung bei der alten Fabrik auf der anderen Seite des Dorfes, wo Suila mit ihrem Bruder Loko und ihrer Familie lebte.

Als plötzlich ein Bellen ertönte, schauten die Mädchen auf. Weiter vorne auf dem Feldweg kamen zwei Frauen mit Hunden daherspaziert. Enttäuscht stellte Debora aber fest, dass Zwockel nicht dabei war.

«Hallo!» rief eine der Frauen.

Die Mädchen mussten aufpassen, dass ihre Pferde nicht scheuten wegen der Hunde. Schnaubend ruckte Fanny den Kopf hoch und nieder.

«Hooo.» Debora brachte den schwarzen Friesen zum Stehen.

«Tag, ihr beiden», grüßte die Frau. «Sagt mal, würdet ihr die Augen offen halten nach einem Fremden, der hier in der Gegend rumschleicht? Das könnte vielleicht dieser Hundetöter sein.»

«Hat man denn schon einen Fremden bemerkt?»

«Nein. Aber wir müssen auf der Hut sein und jetzt im Dorf besonders zusammenhalten!»

Leise fragte Suila: «Haben Sie Zwockel irgendwo gesehen?»

«Wieso? Ist der jetzt auch weg?»

Debora nickte bekümmert. Die Augen offen halten, das musste niemand von ihr verlangen. Die würde sie sowieso nicht mehr zukriegen, bevor sie Zwockel gefunden hätten. Falls sie ihn überhaupt je finden würden. Hier war jedenfalls weit und breit keine Spur von ihm.

Die Hoffnung sinkt

8

Erschöpft kehrten Simon und Loko auf den Hof zurück. Sie hatten die ganze Umgebung abgesucht, aber leider nirgends ein Lebenszeichen von Zwockel entdeckt. Unterdessen war es bereits dunkel geworden.

«Warte mal kurz.» Simon holte den anonymen Drohbrief und zeigte ihn seinem Freund im Flur.

«Ihr werdet euer Liebstes verlieren», las Loko ab und stutzte. «Seltsam. Die Schrift kommt mir krass bekannt vor.» Er runzelte die Stirn. «Tut mir Leid, mir fällt nicht ein, woher. Du, ich muss jetzt heim. Nach acht Uhr darf ich nicht mehr draußen sein – du weißt schon ... Da sind meine Eltern mega streng.»

«Okay.» Simon brachte ihn zur Tür. «Vielen Dank für deine Hilfe!»

Loko nickte beim Rausgehen. «Bis morgen dann.»

Müde schloss Simon ab und trottete zur Küche. Die Familie hatte bereits zu Abend gegessen. Obwohl die Haushälterin eine wunderbare, selbstgemachte Lasagne zubereitet hatte, brachte niemand viel hinunter. Silvias Ankunftstag auf dem Hof war nicht gerade glücklich verlaufen. Sie hatte sich bereits in ihre Kammer im Obergeschoss verzogen. Opa war ins Wohnzimmer hinübergegangen, um die Abendnachrichten zu hören, und die restlichen Kaminskis saßen niedergeschlagen um den Küchentisch. Als Simon eintrat, sahen sie auf.

Er schüttelte den Kopf. «Nichts. Keine Spur.»

«Das muss noch nicht das Schlimmste bedeuten», versuchte Vater zu trösten. «Zwockel ist jetzt läufig und hat sich vielleicht bloß wegen eines Männchens verlaufen.»

Mutter nickte. «Das wäre wirklich möglich.»

Trotzdem hatten die Kinder grauenhafte Angst. «Wir haben alles abgesucht – irgendwo hätten wir ihn doch finden müssen!»

«Zwockel hat sich nicht verlaufen!» versteifte sich Debora. «Der Hundetöter war's! Im Brief hat gestanden, dass wir unser Liebstes verlieren werden!»

Raffi schossen von neuem Tränen in die Augen. «Ich will Zwockel wiederhaben», wimmerte sie kläglich.

Aufgewühlt erhob sich Mutter und strich beiden Mädchen übers Haar. «Ich versteh ja, dass ihr traurig seid. Das sind wir auch.»

Vater stand ebenfalls auf. «Wir müssen jetzt leider wieder rüber in den Laden, sonst schaffen wir's nicht mehr heute.»

Beim Kühlschrank bückte Mutter sich vor den Spülplan, der mit kleinen Magneten an der Tür befestigt war. Dort war mit Ausnahme von Opa jedes Familienmitglied für den Einsatz an Silvias freien Abenden eingetragen. «Debora und Raffaela sind an der Reihe.»

«Das auch noch», murrte die Kleine.

«Passt zum Abend.» Verdrossen ließ Debora heißes Wasser ins Spülbecken laufen, während die Eltern den Raum verließen.

Raffis Augen waren ganz gerötet. Lustlos wartete

sie mit dem Küchentuch in der Hand, bis es etwas abzutrocknen gab. Doch ihre Schwester stocherte nur mit dem Bürstchen in der Seifenlauge herum.

«Eins will mir nicht in den Kopf», murmelte Simon am Tisch. «Wenn's tatsächlich dieser Hundetöter war – warum finden wir Zwockel dann nicht? Der tote ‹Sitting Bull› hat doch auch vor seiner Hütte gelegen und ist nicht verschwunden.»

Die Mädchen schauten ihn an.

«Bisher wurden die getöteten Hunde noch nie beiseite geschafft ...»

Beim Gedanken an Zwockels toten Körper stand Raffi schon wieder kurz vor dem Weinen. Auch Deboras Hoffnung war auf dem Nullpunkt angelangt. «Zwockel wär doch schon längst wieder aufgetaucht. Ganz bestimmt ist ihm etwas Entsetzliches zugestoßen ...»

«Ich will heute Abend nicht zu Opa ins Wohnzimmer», schniefte die Kleine. «Er kann Zwockel auch nicht wieder lebendig machen.»

Ihr Bruder lächelte aufmunternd. «Vielleicht kratzt es ja plötzlich an der Tür, und Zwockel steht draußen!»

«Das wäre wunderschön ...» Debora gab sich einen Ruck. «Na kommt! Opa hat immer einen guten Tipp für uns gehabt, wenn wir nicht mehr weiterwussten. Vielleicht weiß er auch diesmal einen.»

In der Finsternis vor dem Haus huschten Manfred und Oliver wieder hinter den Blumenlieferwagen. Die Nacht war weniger kalt als die letzte – ein lauer Wind wehte milde Luft heran. Im Dorf hatten sie kariertes Papier und einen roten Farbstift beschafft, und nun schrieb Manfred im Schein des Mondes eine Nachricht:

Unsanft versetzte Oliver seinem Kumpel Manfred einen Stoß gegen den Rücken. «Wo er hinkommen soll, musst du auch noch draufschreiben, du Dösel!»

«Selber Dösel! Wollte ich doch gleich!» behauptete Manfred. Er dachte einen Augenblick lang nach und kritzelte dann die Worte:

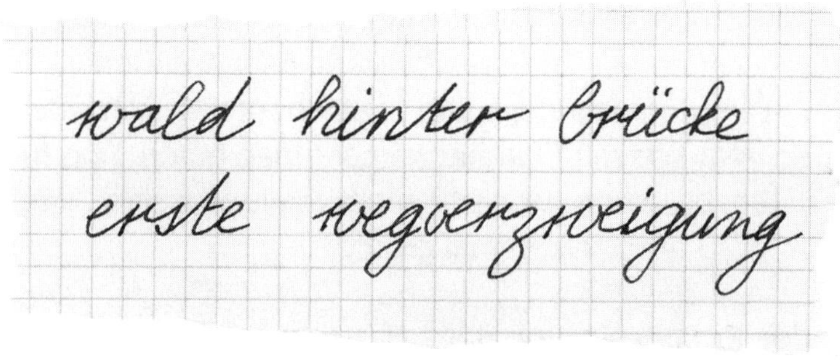

Zufrieden wickelte er den Brief um einen Stein. «Also los, Mann!»

Die beiden schlichen zur Rückseite des Hauses. Sie kamen gerade rechtzeitig, um mitzubekommen, wie die

Kaminski-Kids ins schummrig beleuchtete Wohnzimmer traten.

Rasch versteckten sie sich hinter dem Busch neben dem Treibhaus. Diesmal achteten sie allerdings darauf, nicht wieder in den Hundematsch zu trampeln.

«So!» flüsterte Manfred. «Jetzt müssen wir bloß noch auf den richtigen Moment warten, um den Stein durch ihr Fenster zu schmeißen!»

«Feuer frei für den Torpedo!» Oliver lächelte erwartungsfroh. «Das wird ein Höllenkrach mit Scheibengeklirre – die da drinnen werden schön geschockt sein! Voll geil!»

Ohne zu ahnen, wer da vor dem Fenster lauerte, saß Opa im Wohnzimmer in seinem Lieblingssessel mit dem abgewetzten Stoffbezug. Das Gesicht des alten Mannes war von tiefen Falten durchfurcht. In seinen Augen standen Tränen.

«Was ist denn, Opa?» Die Kids erschraken, denn sie hatten Großvater selten weinen gesehen.

«Dass Zwockel verschwunden ist, nimmt mich mehr mit, als mir lieb ist», gestand er offen ein.

Bedrückt setzten sie sich vor ihn auf den gemusterten Teppich. Sie plauderten abends häufig hier mit ihm, aber diesmal war's keinem so recht danach. Alle schwiegen eine Zeitlang.

Opa beugte sich vor und hielt ihnen Zwockels Halsband hin, das auf dem Nachttisch seiner Kammer gelegen hatte. «Wir dürfen einfach die Hoffnung nicht aufgeben ...», murmelte er wie zu sich selbst.

Raffi nahm das Halsband und drückte es ganz fest an sich.

Eine Weile war es ganz still. Nur das Ticken der Pendeluhr an der Holzwand erfüllte die Stube.

Schließlich brummte Opa: «Mir fällt da eine Geschichte ein – vielleicht kann sie uns für unsere Lage irgendwie helfen.»

Die Kids betrachteten ihn abwartend.

«Es war einmal eine Frau, die hatte eine wertvolle Münze verloren.» Großvaters trübe Augen blickten in die Ferne. «Die Frau stellte das ganze Haus auf den Kopf, sie suchte wirklich überall, aber sie fand die Münze nicht. Und wisst ihr, was sie dann tat?»

Simon zuckte die Schultern. «Keine Ahnung.»

«Sie kehrte alle Böden und suchte so lange weiter, bis sie den Silbergroschen doch noch fand. Obwohl die Chance, in einem so riesigen Haus eine solch kleine Münze zu finden, praktisch gleich null war ...» Er klopfte sich auf den Schenkel. «Obwohl das Unterfangen völlig aussichtslos schien, gab die Frau trotzdem nicht auf – und fand, was sie suchte!»

«Aber wir haben doch schon an so vielen Orten gesucht», wandte Debora ein.

«Das hatte die Frau auch.» Opa schob das Kissen in seinem Rücken zurecht. «Das Wichtigste ist: Wir dürfen die Hoffnung nicht verlieren. Denn wenn wir aufgeben, ist alles vorbei. Und wir sind ja nicht allein – Gott ist bei uns, er hilft uns dabei», brummte er mit seiner warmen, tiefen Stimme. «Jesus ist bei uns, und er kann Dinge tun, die wir nie für möglich hielten – wenn wir ihn darum bitten. Versteht ihr, was ich meine? Wir sollten auf seine Hilfe vertrauen und weitersuchen. Dann wird alles gut.»

«Das ist aber schwer», sagte Simon. «Die Sache sieht so ausweglos aus ...»

In diesem Moment horchten die Kids auf. «Habt ihr dieses Knacken da draußen gehört?»

Großvater nickte, und Debora ging ans Fenster, um hinauszuschauen. Doch in der Dunkelheit auf dem Hinterhof war niemand zu entdecken.

«Vielleicht der Wind.» Sie schüttelte ihre Haare und hockte sich wieder im Schneidersitz zu den anderen.

«Ich versteh das einfach nicht.» Raffi sah Opa kummervoll an. «Wenn Gott es so gut meint, warum hat er dann überhaupt zugelassen, dass Zwockel verschwindet?»

«Das weiß ich auch nicht.» Großvater räusperte sich. Dann fügte er bedächtig hinzu: «Seht mal, ich habe ein langes Leben hinter mir ... Aber noch jedes Mal, wenn es wirklich drauf angekommen ist, habe ich von Gott Hilfe bekommen.»

Gelöst lehnte er sich in den Sessel zurück. Das Gespräch mit den Kindern hatte ihm anscheinend neue Zuversicht geschenkt. «Ich finde, ihr solltet euch unbedingt überlegen, wo ihr noch nicht gesucht habt oder auf welchem anderen Weg wir Zwockel wiederfinden könnten.»

Liebevoll zwinkerte er ihnen zu. «Wer sucht, der findet ... Na ja, das ist auf jeden Fall besser als untätig herumsitzen und sich von den Sorgen auffressen zu lassen. Oder nicht?»

Torpedo

9

Im Hof lauerten Manfred und Oliver hinter dem Busch. Sie hatten es zwar geschafft, sich rechtzeitig zu ducken, als Debora aus dem Fenster blickte. Doch Manfred waren Bedenken gekommen. Denn drüben in der Blumenhandlung brannte noch Licht – Herr und Frau Kaminski arbeiteten pausenlos in ihrem Büro.

«Werfen wir den Stein durch die Wohnzimmerscheibe, sind die Eltern doch innerhalb von Sekunden zur Stelle und rufen womöglich die Polizei!» flüsterte er. «Und wenn wir etwas jetzt nicht brauchen können, sind es die Bullen. Die suchen uns inzwischen bestimmt – da will ich sie nicht noch absichtlich herlocken!»

Oliver stöhnte verächtlich. «Das ist doch egal!»

«Nein, das ist nicht egal. Ich will auf keinen Fall ins Heim zurück! Du etwa?»

«Blöde Frage. Echt saublöde Frage!» Wütend funkelte er ihn an. Er wollte endlich losschlagen und verlor allmählich die Geduld.

«Nun komm mal wieder ’n bisschen runter. Der richtige Zeitpunkt wird bald da sein. Ich spür’s.»

Mit Mühe beherrschte sich Oliver, um nicht auszuflippen. Doch seine Stimmung war im Keller. «Mieft krass nach Hundekacke hier!» Er ließ einen Speichelpfropfen aus dem Mund gleiten, spuckte ihn aber nicht zu Boden, sondern sog ihn wieder hoch, um ihn auf der Lippe zu behalten.

Da geschah droben etwas. Im Zimmer über der Wohnstube ging Licht an.

Ruckartig schauten die Jungs hinauf und beobachteten, wie Simon am Fenster vorüberging.

Oliver zog seinen Sabber ein. «Sollen wir den Torpedo da rauffeuern?» fragte er aufgeregt. «Jetzt?»

Die Mädchen trugen bereits ihre Pyjamas, als sie in Simons Zimmer schlichen. Debora hatte eine Idee und wollte mit ihren Geschwistern darüber sprechen. In der angrenzenden Hausmädchenkammer hörte Silvia auf dem Walkman Musik und bekam von allem nichts mit. Aus ihrem großen Begrüßungsfest war nichts geworden. Bei der gedrückten Stimmung auf dem Hof hatte niemand die geringste Lust zum Feiern gehabt.

Während Raffi sich auf dem knarzenden Holzboden niederließ, setzte Debora sich auf den Stuhl, an dessen Lehne zerknitterte Kleider ihres Bruders hingen. «Mir ist so ein Gedanke gekommen», begann sie. «Wäre es nicht möglich, dass jemand Zwockel entführt hat? Das würde doch auch erklären, weshalb wir ihn nirgends finden.»

«Da ist was dran!» Simon lag angezogen auf dem Bett und richtete sich auf. «Der Drohbrief würde ebenfalls zu dieser Theorie passen!»

«Entführt?» Die Kleine schluckte leer. «Warum sollte denn jemand so etwas tun?»

Ihre Schwester hob die Schultern. «Vielleicht ... um uns zu erpressen. Keine Ahnung, wozu.»

«Das spielt im Moment auch gar keine Rolle», fand Simon. «Aber wenn dein Verdacht stimmt, müssen wir so schnell wie möglich rausbekommen, wer den Drohbrief geschrieben hat.»

«Genau. Denn dann finden wir vielleicht auch Zwockel!»

Raffi sah sie verwirrt an. «Was?»

«Ist doch klar», erklärte Simon. «Die Spur zum Erpresser würde auch zu Zwockel führen. Der müsste den Hund ja irgendwo gefangen halten.»

«Bloß ...» Debora legte ihre Stirn in Falten. «Wie könnten wir den Drohbriefschreiber aufspüren?»

«Tja ...» Simon stand nachdenklich auf und ging zum Fenster.

Draußen riss Manfred seinen Kumpel nach unten, als im Obergeschoss jemand hinter der beleuchteten Scheibe auftauchte. Durch das dichte Gestrüpp erkannten sie, wie Simon einen Fensterflügel öffnete und gleich wieder im Zimmer verschwand.

«So!» zischte Manfred. «Zeit zum Abschuss!» Aufgeregt drückte er den eingewickelten Stein in Olivers Hand. «Wirf du! Ich bin nicht so gut im Treffen!» Dabei hatte er schlicht und einfach zu wenig Kraft, den Brocken so hoch hinaufzuwerfen. Und außerdem, dachte er, wäre es allemal viel geschickter so – falls sie erwischt würden, könnte er immer noch sagen, der andere habe das Ding geschmissen und er habe mit der Sache überhaupt nichts zu tun.

Oliver hingegen ließ sich nicht zweimal bitten. «Na endlich!» Er nahm Anlauf, zielte und schleuderte den Stein hoch.

Manfred kam es vor, als würde das Geschoss in Zeitlupe durch die Luft segeln. Selbst der Wind schien für einen Augenblick in vollkommener Stille stehen zu bleiben.

Der Stein flog in hohem Bogen zum Haus und senkte sich haarscharf durch die Fensteröffnung.

«Volltreffer!» Rasch kauerten die beiden Jungs sich tief unter den Busch. «Ich werd verrückt! Ich werd verrückt! Die machen sich da drin bestimmt in die Hose vor Schreck!» Die beiden mussten aufpassen, dass sie nicht laut losjubelten über ihren Erfolg.

«Cooler Schuss!» Manfred klopfte seinem Kumpel auf die Schulter. «Jetzt warten wir 'ne Minute, und dann verziehen wir uns in den Wald.»

Aufgeputscht rieb sich Oliver die Hände. «Ich freu mich schon drauf, den jungen Kaminski so richtig deftig in die Mangel zu nehmen!»

Im Zimmer fiel der Stein genau an die Stelle auf dem Bett, wo Simon vorhin gelegen hatte. Die Kids starrten sich geschockt an.

«Was soll denn das?» Simon stürzte zum Fenster und rief: «He, das hätte mich treffen können! Wer ist da unten?»

Die Mädchen drängten sich neben ihn.

«Was soll das?» fragte er noch einmal ins Dunkel hinaus.

Angestrengt spähten die Kids in die Tiefe. Der Hinterhof lag finster da. Keine Bewegung war auszumachen.

«Seht ihr wen?» flüsterte Raffi.

Wortlos wandte Debora sich ins Zimmer zurück und nahm den Stein vom Bett. «Was ist das überhaupt?»

Die anderen schauten ihr über die Schulter, als sie den Brief abwickelte.

«Simon, 22 Uhr, allein, sonst Hund tot. X», lasen sie atemlos. «Wald hinter Brücke, erste Wegverzweigung.»

«Das ist vom Gleichen, der schon den Drohbrief geschrieben hat – dieselbe Schrift!» murmelte Simon. «Wisst ihr, was das bedeutet?»

«Nein!» Raffi glotzte ihn an.

«Zwockel lebt!» Er zeigte auf die Nachricht. «‹Sonst Hund tot› heißt doch, dass Zwockel am Leben ist! Und dass der Kerl ihn tatsächlich entführt hat!»

Hastig schlüpfte er in seine Turnschuhe. «Es ist bald zehn! Ich muss mich beeilen!»

Debora sah ihn aus geweiteten Augen an. «Du willst doch nicht wirklich da hingehen?»

«Was denn sonst?» Entschlossen trat er zur Tür. «Das ist *die* Möglichkeit, Zwockel zurückzubekommen!»

«Kommt gar nicht in Frage!» rief Debora. «Viel zu gefährlich!»

Ängstlich klammerte Raffi sich an seine Beine, um ihn aufzuhalten. «Nicht gehen, bitte nicht!»

Doch er machte sich von ihr los. «Lasst den Hintereingang offen, damit ich nachher wieder reinkann.»

Schon knarrten seine Schritte die Treppe zum Erdgeschoss hinab.

Die Kleine zitterte vor Panik. «Und wenn der Hundetöter ihm was tut?!»

«Ja, eben!» Nervös nestelte Debora ihr Handy hervor. «Ich rufe Suila an! Sie muss unbedingt Loko losschicken, damit er ihm hilft!»

«Aber Loko darf doch nach acht Uhr gar nicht mehr raus!» warf Raffi verzweifelt ein.

«Irgendwas müssen wir doch tun! Wenn das bloß klappt!»

Im Hinterhalt verletzt

10

Manfred und Oliver gingen über die alte Holzbrücke und traten in die Dunkelheit des Waldes. Durch die Baumkronen fiel gerade genügend Mondlicht, um den Pfad zu erkennen. Den würzigen Duft von Bärlauch in der Nase, stapften die Jungs bis zur ersten Wegverzweigung. Hier blieben sie stehen und schauten sich um. Manfred zeigte auf einen Holzstoß. «Der ist genau richtig!»

Sie umrundeten den Stapel und nahmen hinter den Scheiten Stellung.

«Wir sehen ihn, aber er sieht uns nicht!» freute er sich diebisch. Aus seiner Jacke zog er einen Schokoriegel hervor und riss die Hülle auf. «Ergün sei Dank! Hab ich aus seiner Wohnung gemopst!»

Grinsend zauberte Oliver eine Flasche Raki-Schnaps aus der Jacke. «Ergün ist ein guter Junge! Wenn der wüsste! Sein Vater kriegt bestimmt einen Tobsuchtsanfall, wenn er seinen geliebten Schnaps nicht findet.»

«Du bist schon ein Schweinekerl», schwärmte Manfred und biss in den Riegel.

«Was machst du eigentlich, wenn die Sache hier gelaufen ist?» Oliver trank einen Schluck Schnaps, schüttelte sich und goss gleich noch etwas hinterher.

«Keine Ahnung. Und du?»

Gleichgültig zuckte er seine breiten Schultern. «Ist mir egal. Ich will bloß 'n bisschen Spaß haben. Das Leben ist so sterbenslangweilig.» Er ließ einen Rülpser fahren. «Zu verlieren hab ich eh nichts. Arbeit kotzt mich an – und für 'n so genannten guten Job ist der Zug eh längst abgefahren, dafür hätt ich null Chance, selbst wenn ich wollte. Ich will aber gar nicht.»

«Seh ich genauso.» Manfred knüllte das Schokopapier zusammen und warf es in den Wald hinaus. «Gibst mir auch mal 'n Schluck?»

Bevor er ihm die Flasche reichte, nahm Oliver schnell noch eine Dosis. «Passieren kann mir eh nichts», gluckste er. «Die können mich bloß wieder ins Heim zurückstecken, das ist alles. Und meine Eltern haben ja genügend Kohle, die sollen später ruhig mal was davon rüberwachsen lassen.»

«Das kann ich von meinem Alten nicht behaupten. Der säuft sich zu Tode, und wir können selbst sehen, wo wir bleiben.» Manfred nahm einen Schluck und wischte sich den Mund ab. «Woa! Ganz schön stark, dieses Raki-Zeugs!»

«Aber es fährt ein, das ist die Hauptsache.» Oliver schwankte ein wenig.

«Jetzt müsste Simon eigentlich bald kommen ...»

«Dann ist ja gut. Ich bin schon mächtig in Fahrt.» Er spielte mal wieder mit seinem Speichelpfropfen, ließ ihn die Unterlippe hoch und hinunter gleiten.

Mit wachsender Spannung beobachteten die Jungs den Pfad, der zur Verzweigung führte. In zwei Minuten wäre es genau zehn Uhr.

Suchend streifte Simons Blick über den Waldrand. Als er nichts Außergewöhnliches entdeckte, wagte er sich über die Brücke am Fluss und hielt bei den ersten Bäumen an. Im Wald war es seltsam ruhig – eine unheimliche Stille lastete über der Gegend. Auf Fußspitzen tappte er den finsteren Pfad entlang. Hier kannte er jede Nische, jeden Winkel, sogar blind würde er die erste Verzweigung finden. Bevor er sie erreichte, duckte er sich ins Dickicht. Er tastete sich näher und spähte zu der Weggabelung hinüber.

Dort war niemand zu sehen. Der Holzstapel stand einsam da. Alles wie immer. Bis auf diese merkwürdige, gespenstische Stille.

Beim Weiterschleichen vermied er sorgfältig, auf knackendes Gehölz zu treten. Er schob herabhängende Äste auseinander und wich allen Büschen aus, um kein Rascheln zu verursachen.

Wenige Meter vom Holzstoß entfernt wartete er und lauschte. Außer dem Gluckern des nahen Baches war kein Geräusch zu hören.

Plötzlich fiel ihm am Waldboden ein kleiner, schimmernder Gegenstand auf. Ringsum rührte sich nichts. Er schlich zu dem Ding hin und schaute es sich von nahem an. Es war ein zerknülltes Schokoriegelpapier.

In diesem Augenblick stürzte ein Schatten aus dem Hinterhalt auf ihn zu.

Bevor er ausweichen konnte, wurde Simon niedergerissen. Verzweifelt versuchte er wieder hochzukommen, doch sein Gegner war schwer und stark.

«So, jetzt haben wir dich!» Oliver begann wild loszudreschen.

Aus dem Versteck sah Manfred zu. Sein Lächeln

wurde breiter bei jedem Schlag, den Simon einstecken musste.

Der nahm seine ganze Kraft zusammen und wand sich unter dem Angreifer hervor. Er kam hoch und verpasste dem Jungen einen Hieb.

Oliver taumelte getroffen zurück. Doch das machte ihn nur noch rasender. «Na warte, du!»

Ein ganzer Hagel von Schlägen prasselte auf sein Opfer nieder.

Mit den Armen versuchte Simon den Oberkörper und das Gesicht zu decken. Den ersten Aussetzer nutzte er sofort dazu, einen harten Schwinger zu landen.

Das Lächeln verging Manfred auf einmal. Nicht bloß, weil sein kraftstrotzender Kumpel viel mehr Mühe mit dem jungen Kaminski bekundete, als er gedacht hatte. Sondern auch, weil das Licht eines Fahrrads den Pfad entlanggeflackert kam. Manfred kannte den Jungen auf dem Rad. Es war, wenn nicht alles täuschte, Loko.

Da wurde ihm die Sache zu heiß. Er drehte sich um und stürmte ins Unterholz davon, ohne dass ihn jemand bemerkt hätte.

Keuchend stolperte er über Sträucher und gefällte Baumstämme, die in der Dunkelheit kaum auszumachen waren. Von einem Felsblock sprang er in die Tiefe. Als er unten aufprallte, fuhr ein stechender Schmerz durch seinen Knöchel.

Fluchend hockte er sich hin und untersuchte das Fußgelenk. Es fühlte sich an wie von einem Messer durchbohrt. Innerhalb von Sekunden schwoll es stark an.

Loko warf das Rad hin und rannte auf die kämpfenden Jungs zu. Mit voller Kraft fetzte Simon eben einen

Treffer ins Ziel. Auf Olivers Wange blieb eine blutige Schramme zurück.

Er wischte sich über die Wunde und betrachtete ungläubig das Blut an seiner Hand. «Das wirst du büßen!» Schäumend vor Wut nahm er Anlauf und versetzte Simon einen Tritt in die Magengrube.

Der wich aus, aber die Stiefelspitze erwischte ihn voll. Die Knie gaben unter ihm nach. Stöhnend krümmte er sich zusammen und sackte auf die Erde.

«Und jetzt kriegst du noch das!» Eben wollte Oliver auf sein wehrloses Opfer einstampfen.

Doch in diesem Moment riss Loko ihn zurück. «Lass ihn in Ruhe!» Er nahm ihn in den Schwitzkasten und drehte ihm einen Arm auf den Rücken.

Oliver schrie auf. Tobend rammte er den freien Ellenbogen in Lokos Brust, zerrte sich mit einem heftigen Ruck los und fegte in den Wald davon.

Sofort nahm Loko die Verfolgung auf. Aber schon nach wenigen Metern überlegte er es sich anders. Er rannte zurück und beugte sich über seinen röchelnden Freund. «Ist es sehr schlimm?»

Mit schmerzverzerrtem Mund schüttelte Simon den Kopf. Durch den Tritt in den Bauch war ihm die Luft weggeblieben, und er konnte nicht sprechen.

«Langsam durchatmen!»

Das versuchte Simon schon die ganze Zeit. Doch es ging nicht. Er hatte das Gefühl, gleich ohnmächtig zu werden. Sternchen blitzten und tanzten wild vor seinen Augen.

Loko hob den Oberkörper seines Freundes ein wenig an.

Dadurch lockerte sich die Verkrampfung etwas. Es

war ihm, als öffnete sich eine Schleuse. Gierig schnappte Simon nach Luft, sog tief ein, nahm einen zweiten Zug und einen dritten.

Als er wieder regelmäßiger atmete, half Loko ihm hoch.

Vornübergebeugt blickte er sich um. Von dem anderen Jungen war keine Spur mehr zu sehen. Aber leider auch von niemandem sonst. «Zwockel ist nicht hier», hauchte er erschöpft. «Das Ganze war bloß eine Falle.»

Vor Schmerz biss sich Manfred fast die Zunge ab. Er konnte mit seinem verletzten Fuß nicht auftreten und musste hilflos sitzen bleiben. Angestrengt lauschte er auf die Geräusche des Waldes.

Plötzlich hörte er das Knacken von morschen Ästen. Im Dickicht raschelte und knisterte es.

Da kam wer!

Sein Herzschlag setzte aus. Bewegungslos starrte er in die Finsternis, in der die Schritte immer näher kamen. Kalter Schweiß perlte auf seiner Stirn.

Das Gebüsch unmittelbar vor ihm teilte sich. Zwei Hände drückten die Zweige zur Seite. Eine Gestalt zwängte sich zwischen dem Strauchwerk hervor.

Wie gelähmt saß Manfred da. Nach einer Schrecksekunde hämmerte sein Herz wieder los.

«Ach, du bist's!» schnaufte er erleichtert.

«Warum bist du abgehauen, du Schlappschwanz!» zischte Oliver. «Ich hätte dich brauchen können – da ist noch ein Zweiter gekommen!»

«Ich bin verletzt! So wär ich dir nur zur Last gefallen! Schau mal!» Er ließ sein Feuerzeug aufflackern und beleuchtete seinen Knöchel.

«Sieht nicht gut aus. Aber trotzdem!» Ärgerlich tupfte Oliver die blutige Schramme auf seiner Wange mit einem Papiertaschentuch ab. «Dieser Mistkerl hat mich doch tatsächlich erwischt! Tut weh wie die Sau!»

Er warf das Taschentuch weg und steckte sich eine Zigarette an. «Kannst du gehen?»

«Unmöglich. Glaubst du vielleicht, ich hänge freiwillig hier im Dreck rum?»

Um seine Wunde zu schonen, blies Oliver den Rauch mit schiefem Mund aus. «Okay. Du bleibst hier, und ich hole Hilfe.»

«Spinnst du? Wir können doch unmöglich einen Arzt holen!»

«Keinen Arzt, logo! Krieg dich mal wieder ein, du Dösel.» Abgekämpft schüttelte Oliver den Kopf. «Ich kenn da wen in der Gegend, der ein Auto hat. Der kann uns in die Stadt zu meinen Bekannten fahren.»

Misstrauisch sah Manfred ihn an. «Aber beeil dich! Komm so schnell wie möglich zurück, hörst du?»

«Klar doch.» Qualmend stapfte Oliver durchs Unterholz davon. «Halt dich warm, Mann!»

Ist Zwockel tot?

11

Im Schein des Mondes begleitete Loko seinen Freund dem rauschenden Fluss entlang zum Kaminski-Hof zurück. Das Rad schob er neben sich her.

«Geht's wieder?»

«Mhm. Mir ist bloß noch 'n bisschen übel.» Simon schaute ihn an. «Ich weiß gar nicht, was ich ohne dich ...»

«Schon okay», beruhigte ihn Loko. «Du hättest dasselbe auch für mich getan.»

«Hoffentlich kriegst du jetzt keine Probleme mit deinen Eltern.»

«Mach dir darüber mal keine Sorgen. Vielleicht haben sie gar nicht gemerkt, dass ich mich weggeschlichen hab. Und sonst ... kann ich's ihnen bestimmt erklären.»

«Wenn du trotzdem Schwierigkeiten bekommst, versuch ich ihnen klar zu machen, dass es wirklich ein Notfall war.»

«Geritzt.»

Sie trotteten an den Pflanzentunnels vorbei zum Hintereingang des Hauses. Simon überprüfte die Tür. Sie war offen.

«Also, bis morgen», flüsterte er. «Und – vielen Dank!»

Lächelnd schwang sich Loko auf sein Rad und pedalte in die Nacht davon.

Simon trat ins Haus. Ohne ein Geräusch zu verursachen, schloss er ab und schlich im Dunkeln durch den Flur. Auf der Holztreppe zum Obergeschoss zählte er die Stufen und achtete darauf, die fünfte und die achte auszulassen, denn diese ächzten lauter als all die anderen.

Er schaffte es ohne allzu viel Dielen-Geknarre bis zum Mädchenzimmer. Vorsichtig schlüpfte er hinein und zog die Tür hinter sich zu.

Debora und Raffi setzten sich in ihren Betten auf. Die Kleine knipste ihre Nachttischlampe an. «Hast du Zwockel gefunden?»

Niedergeschlagen schüttelte er den Kopf.

«Was ist denn passiert?» Debora glotzte ihn an. «Du bist ja ganz verdreckt und zerzaust!»

Bleich setzte Simon sich auf den Rand von ihrem Bett. Er öffnete die Jacke und begann leise zu erzählen.

Im Wald kam es Manfred wie eine Ewigkeit vor, seit Oliver verschwunden war. Er hatte ihn mit dem Handy angerufen, doch niemand ging ran.

Mit wachsender Panik betrachtete er sein Fußgelenk. Es war noch mehr angeschwollen und tat wirklich höllisch weh.

Er versuchte den Schuh auszuziehen, doch das war unmöglich. Jede noch so kleine Bewegung verursachte stechende Schmerzen. Aber der Treter musste runter, sonst schnürte er das Blut ab.

Manfred holte sein Messer heraus. Behutsam begann er das Kunstleder an der Seite aufzuschneiden.

Ihm wurde fast schwarz vor Augen, bis er endlich den Fuß freibekam.

Erschöpft atmete er eine Weile durch. Schließlich schaute er auf seine Uhr. Was trieb dieser Oliver denn die ganze Zeit? Warum dauerte das so lange?

Noch einmal rief er ihn an. Keine Antwort.

Allmählich machte er sich Sorgen. Was sollte er tun, falls Oliver diese Nacht nicht zurückkäme? Den anderen Kumpel, Ergün, konnte er schlecht um Hilfe bitten – der würde ihn hier bestimmt nicht herausholen, nachdem sie ihn bestohlen hatten.

Von glühenden Schmerzen geplagt, versuchte Manfred nachzudenken. Er musste sich verstecken, so viel war klar. Aber wo? Bei seiner Mutter würde er der Polizei garantiert in die Hände laufen, die Eltern wurden bestimmt als Erste überprüft. Doch wo könnte er denn sonst hin?

Da durchzuckte ihn eine Idee. Ein mögliches Versteck fiel ihm ein.

Er stand auf, lehnte sich gegen den nächsten Baum und trennte einen starken Ast ab. Stöhnend humpelte er mit dem Stock als Krücke in die Dunkelheit davon.

Auf Deboras Bett stemmte Simon müde den Kopf in die Hände. Er war total geschafft und fühlte sich vollkommen ausgepumpt. «Wenigstens wissen wir jetzt, wie der Kerl aussieht – ein großer, kräftiger Junge.»

«Die Frage ist bloß, wo er Zwockel versteckt hält», murmelte Debora.

Simon nickte. «Aber warum hat er mich in eine Falle gelockt? Was hat der Typ gegen mich? Wer mag das bloß sein?» Ein kalter Schauer lief über seinen Rücken.

«Der könnte doch einfach seine Forderungen stellen dafür, dass er Zwockel rausrückt. Wieso will er mich verprügeln? Das ergibt doch keinen Sinn!»

«Ob Zwockel wirklich noch lebt?» Wehmütig betrachtete Raffi das Hunde-Halsband, das sie neben sich auf dem Nachttisch liegen hatte. «Das Band riecht nach Zwockel ...», schluchzte sie unendlich enttäuscht, weil ihr geliebter Collie trotz des neuen Hoffnungsschimmers nicht zurückgekommen war.

Simon stand auf. «Schlaft gut», wisperte er mit erstickter Stimme. Die Gefühle übermannten ihn. Bis zuletzt hatte er daran geglaubt, dass sie Zwockel wiederbekommen würden. Doch nun verlor auch er die Hoffnung. Wer wusste denn schon, wie der Erpresser den Hund behandelte? Bestimmt würde Zwockel draußen erfrieren. Oder kläglich verhungern.

Rasch machte er das Licht aus. Er wollte nicht, dass die Mädchen seine feuchten Augen sahen.

Seine Schritte tappten durch den Flur zur Kammer hinüber.

Debora zog sich die Decke über den Kopf. In der vollkommenen Schwärze begann sie gequält zu weinen. Es zerriss ihr fast das Herz, sie wusste keinen Ausweg mehr. In ihrer Verzweiflung flehte sie stumm: «Bitte, Jesus, mach du, dass Zwockel noch am Leben ist und dass es ihm gut geht! Und hilf uns, ihn zu finden – irgendwie ...»

Auf der gegenüberliegenden Seite des dunklen Zimmers konnte auch Raffi nicht einschlafen. Sie wimmerte verzweifelt in ihr Kissen hinein. «Ganz sicher ist Zwockel vergiftet worden – vielleicht hat er sich an einen einsamen Ort geschleppt, bevor er starb. Das tun Tiere ja!

Und jetzt liegt er tot hinter irgendeinem Busch oder am Ufer des Flusses!» Tränen liefen ihr die Wangen hinunter und sickerten salzig in ihren Mund. «Hoffentlich hat Zwockel nicht zu stark gelitten, als er gestorben ist ...» Das Bild des leblos am Ufer liegenden Hundekörpers mit dem nassen, verfilzten Fell brannte sich mit quälender Gewissheit in ihre Seele ein.

Dreißig Kilometer vom Kaminski-Hof entfernt rauschte der nächtliche Stadtverkehr. Im Lichtkegel einer Straßenlampe guckte hinter einer Hausecke eine schwarze Hundenase hervor. Langsam kam eine hellbraune Stirn mit weißem Fleck zum Vorschein.

Zwockel trippelte zur Kante des Gehsteigs und blickte sehnsüchtig über die stark befahrene Straße. Auf der anderen Seite erstreckte sich eine grüne Wiese.

Immer wieder nahm er einen Anlauf, um über die Fahrbahn zu setzen. Doch jedes Mal brauste ein Wagen knapp an ihm vorbei, und er musste zurückweichen.

Hinter ihm lag das Gelände einer Blumenhandlung, und rundherum breitete sich nichts als Häuser und Straßen aus. Der Fahrzeuglärm und der Abgasgestank brachten Zwockel ganz durcheinander. Erneut zögerte er, zwischen den vorüberrasenden Autos zur Wiese hinüberzurennen.

Diesmal wagte er es. Zaghaft trabte er bis zum Mittelstreifen, wo er wegen des Gegenverkehrs nicht weiterlaufen konnte. Mitten auf der Fahrbahn blieb er stehen.

Der folgende Fahrer trat zwar voll aufs Bremspedal. Doch der Wagen schlitterte trotzdem unweigerlich auf den Collie zu.

Ohrenbetäubendes Quietschen schrillte durch das Motorengedröhn.

Zwockel starrte wie gelähmt in das blendende Scheinwerferlicht, das auf ihn zuschleuderte. Die Stoßstange rammte ihn um ein Haar. Da machte er einen Satz. In letzter Sekunde gelang es ihm, sich auf den Gehsteig zurückzuretten.

Völlig verängstigt rannte Zwockel in den Hof der BLUMENHANDLUNG TOBLER. Dort verzog er sich im Pflanzenlager in eine Nische, die mit alten Wolldecken weich gepolstert war. Auf den Tüchern lag ein Collie-Männchen.

Der hübsche Rüde erhob sich sofort, als Zwockel hereinkam. Freudig winselte er und stupste die Hündin an. Die beiden Collies waren sich vor ein paar Stunden zum ersten Mal begegnet, und sie hatten sich auf der Stelle miteinander angefreundet. Nun machten sie noch eine kleine Verfolgungsjagd durch den Innenhof. Aber Zwockel war müde. Nebeneinander trotteten die Hunde zu der gemütlichen Ecke im Lagerschuppen zurück.

Der Rüde begann seinen Fressnapf zu leeren. Seitlich stand eine zweite Schüssel, doch Zwockel rührte das Futter nicht an. Stattdessen ließ er sich kraftlos sinken und legte den Kopf matt auf die Decken.

Gefährliche Suche

12

Im strahlenden Sonnenschein des neuen Tages rannte Loko auf den Kaminski-Hof und klopfte gegen die Haustür. Er zog nicht mal seine Jacke aus, als Simon ihn in den Flur ließ, sondern zupfte gleich ein kariertes Blatt Papier aus der Hosentasche.

«Ich weiß jetzt, woher mir die Schrift des Drohbriefs so bekannt vorgekommen ist!» keuchte er. «Ich hab mal mit Manfred zusammen einen Aufsatz geschrieben, als er noch bei uns zur Schule ging – und das hier sind seine Notizen!»

Tatsächlich enthielt das Blatt genau die gleichen Schriftzüge wie die anonyme Drohbotschaft, und alle Wörter waren ebenfalls kleingeschrieben.

«Das gibt's doch nicht!» staunte Simon.

«Was gibt's nicht?» fragte Raffi. Sie und Debora kamen aus der Küche geschlendert.

«Hier, seht mal, was Loko rausgefunden hat!»

Die Mädchen betrachteten ungläubig die Aufsatznotizen.

«Manfred hat den Drohbrief geschrieben», erklärte Loko. «Das hier ist der Beweis.»

«Hey, Kinder!» rief Vater in diesem Augenblick aus dem Wohnzimmer. «Kommt mal, aber schnell!»

Die vier eilten in die Stube, wo Vater auf den laufenden Fernseher deutete. Eben wurde eine Vermisstenmeldung ausgestrahlt. «Den kennen wir doch!»

Über den Bildschirm flimmerte ein Foto von Manfred. «Der Vermisste ist 15 Jahre alt», sagte der Sprecher, «1 Meter 50 groß und von sehr schlanker Statur.»

«Aber sicher kennen wir den!» murmelte Simon.

Dann erschien ein weiteres Foto auf der Mattscheibe. Es zeigte Oliver. Auch seine Personenbeschreibung wurde durchgegeben.

Als danach ein Werbespot anlief, zog Simon seine Schwestern und Loko aus dem Raum. Im Flur gab er ihnen einen Wink. Wortlos folgten sie ihm die knarzende Treppe hoch in sein Zimmer.

«Jetzt ist der Fall klar!» Er drückte die Tür hinter sich zu. «Manfred ist aus dem Erziehungsheim abgehauen und hat unseren Hund geholt!»

«Dann lebt Zwockel vielleicht doch noch!» strahlte Raffi.

«Man kann es nur hoffen!»

«Moment mal», warf Loko ein. «Gestern Nacht, der Typ, der dich vermöbeln wollte – das war ganz bestimmt nicht Manfred!»

Simon schüttelte den Kopf. «Nein, aber der Zweite, den sie vorhin im Fernsehen gezeigt haben – dieser Oliver –, der war's! Eindeutig! Die beiden sind wohl gemeinsam unterwegs.»

«Manfred hat bestimmt zugeschaut, wie der andere dich verdreschen wollte!» vermutete Debora. «Das sähe ihm ähnlich!»

«Ich hab ihn nirgends bemerkt, aber es war ziemlich dunkel.»

«Jedenfalls müssen wir die zwei so schnell wie möglich finden!» forderte Raffi erhitzt. «Bevor sie Zwockel was tun!»

«Ja, aber wo könnten sie bloß sein?»

Ratlos sahen die Kids sich an. «Wenn ich das wüsste!»

Durchs Fenster war zu erkennen, wie Nebel hinter den Treibhäusern aufstieg und vom Fluss her langsam die ganze Gegend verhüllte.

«Da sie gesucht werden», überlegte Loko, «brauchen sie doch ein Versteck – irgendeinen Unterschlupf.»

Debora schlug ihre Hände vor den Mund. «Ich hab's! Zumindest wär's eine Möglichkeit.»

«Nun sag schon!» Alle musterten sie gespannt.

«Na ja ...» Sie blickte Loko an. «Die Bande von dir und Manfred damals – ihr hattet doch eine Hütte im Wald.»

«Natürlich! Dass die mir nicht eingefallen ist!»

«Super, Schwesterchen!» Simon klopfte ihr auf den Rücken. «Das könnte wirklich hinhauen!»

«Na, dann los!» rief Raffi aufgeregt. «Nichts wie hin, Leute!»

Dichte Nebelschwaden hingen im Wald, als die Kids mit Loko zu dem Vorsprung hochstiegen, der sich über der Hütte erhebt. Auf dem Grat kauerten sie sich hin und spähten in die Tiefe. Die Schlucht war trüb verhangen und wirkte gespenstisch. Am Ufer des Bachs stand die Hütte, doch man konnte nicht erkennen, ob jemand drin war. Weit und breit deutete kein Anzeichen auf die Gegenwart von Menschen hin.

«Wir müssen krass aufpassen», flüsterte Simon. «Manfred und Oliver greifen uns bestimmt an, wenn sie uns kommen sehen – falls sie tatsächlich hier sind.»

«Sollen sie doch!» Loko hob den Kopf. «Mit denen werden wir schon fertig!»

«Und Zwockel?» bibberte Raffi.

Debora nickte. «Wir müssen versuchen, uns anzuschleichen und sie zu überrumpeln, auch wenn das mega gefährlich ist ...»

«Okay. Dann los.»

Raffi nahm fröstelnd Deboras Hand und klammerte sich daran fest. Vorsichtig kletterten die Kinder zwischen moosbedeckten Felsbrocken den Hang zur Senke hinab.

Unten sprangen sie über den Bach und schlichen zu der Hütte hinüber. Dabei wichen sie achtsam allen

herumliegenden Ästen aus. Jedes Knacken hätte sie jetzt verraten können.

Da zerriss plötzlich das Gekrächze eines Raben die Stille. Erschrocken blieben sie stehen und starrten auf die Hütte.

Eine Weile lang geschah nichts. Dumpf ragte der Holzverschlag aus dem Nebel.

Als sich kein bisschen regte, wagten sie sich weiter.

Mit angehaltenem Atem tasteten sie sich an die Bretterbude heran. Von ganz nah konnten sie durch die Ritzen zwischen den Balken hineinlinsen.

Was sie sahen, ließ ihren Puls stocken.

Drinnen auf der Erde lag Manfred. Er schlief.

Raffi murmelte enttäuscht: «Zwockel ist nicht da!»

«Vielleicht hat er ihn irgendwo versteckt. Das werden wir gleich rauskriegen!» Entschlossen stapfte Simon um den Holzverschlag herum.

Die Mädchen folgten ihm.

«Ich behalte die Gegend im Auge», schlug Loko vor. «Falls dieser Oliver plötzlich auftaucht.»

«Okay.» Simon bückte sich in den Eingang. Er packte den Jungen, der im Schlaf leise stöhnte, bei der Jacke und zerrte ihn mit einem Ruck hoch.

Bestürzt riss Manfred die Augen auf. «Auuu! Nicht! Bitte nicht!» Er begann, wild um sich zu schlagen.

«Wo hast du unseren Hund?!» schrie Simon ihn an.

«Ach du bist's ... Lass mich runter!»

«Von mir aus.» Er ließ ihn los.

Der Junge plumpste wie ein Kartoffelsack auf den Boden, kreischte auf und hielt sich den Knöchel.

Erst jetzt bemerkten die Kids die Verletzung an seinem nackten Fußgelenk – es war blau angeschwollen.

Loko blickte sich weiterhin wachsam um, während er neben Debora und Raffi trat und kurz auf den zerzausten Jungen hinabschaute. «Hast du immer noch nicht genug Unheil angerichtet, Manne?»

Der brummte bloß abschätzig: «Mit Verrätern sprech ich nicht.»

«Pass auf, du!» Simon starrte ihm ins bleiche Gesicht und hob drohend eine Hand. «Du sagst uns jetzt auf der Stelle, wo Zwockel ist!»

Wortlos fuhr sich Manfred übers strähnige Haar. Beim folgenden Windstoß fingen seine Zähne an zu klappern. Er presste die Lippen zusammen und blieb stumm.

Da packte Simon ihn von neuem und schüttelte ihn kräftig durch.

«Aua!» brüllte Manfred. «Aufhören! Aufhören!»

Debora musste schmunzeln, und Raffi kicherte laut heraus.

«Ich sag's ja!» schrie der Junge.

Schwer atmend ließ Simon von ihm ab.

Um Zeit zu gewinnen, wischte sich Manfred mit den Händen über die Kleider und zog seine Jacke gerade. Er legte sich innerlich einen Plan zurecht. «Also gut, ich weiß, wo euer Köter ist», sagte er schließlich, obwohl er nicht die geringste Ahnung davon hatte.

«Wo?» stieß Raffi hervor.

«Tja, das ist so eine Sache.» Bedachtsam steckte er sich eine Zigarette an. «Wenn ich's euch verrate, rennt ihr zu den Bullen, und die holen mich schön hier ab. So läuft das nicht.»

«Und wie sonst?»

«Ganz einfach.» Er blies den Rauch aus. «Ihr kommt

morgen noch mal her – dann werd ich euch sagen, was ihr tun müsst, um euren Kläffer wiederzubekommen.»

«Das gefällt mir nicht», murmelte Simon.

«Aber anders läuft's nicht.» Cool holte Manfred das Handy heraus und zeigte es den Kindern. «Eure Töle ist an einem geheimen Ort. Ein Anruf von mir – und der Hund ist mausetot.»

«Nimm ihm das Handy doch einfach weg!» rief Loko. «Dann kann er gar nicht anrufen.»

«Genau!» Fordernd streckte Simon die Hand aus. «Gib her, los!»

Manfred überlegte blitzschnell. «Nimm's doch», grinste er. «Wenn die in dem Versteck mal zwei Stunden lang nichts von mir hören, machen sie den Köter sowieso gleich alle. Glaubst du, ich bin blöd?»

Unentschlossen sah Simon zu Loko und den Mädchen hinaus. Sie zögerten ebenfalls.

«Ihr habt keine andere Wahl», erklärte Manfred. «Und eins sag ich euch: keine Polizei. Sonst könnt ihr den Kläffer im Hundehimmel besuchen.»

Widerstrebend nickte Debora. Simon trat zu den anderen vor die Hütte und warf einen Blick zurück. «Wenn unserem Hund was zustößt, dann ...» Er ließ den Satz bedrohlich in der Luft hängen.

Manfred äffte ihn nach: «Wenn ihm was zustößt, wenn ihm was zustößt!» Überlegen steckte er das Handy ein und nahm einen Zug aus seinem Glimmstängel.

Um sich zu besprechen, trotteten die Kinder zum blubbernden Bach, wo der Junge sie nicht hören konnte.

«Wahrscheinlich ist Zwockel bei diesem Oliver versteckt», flüsterte Loko.

Simon nickte. «Mhm, glaub ich auch.»

«Wir müssen morgen wieder herkommen und hören, was er von uns will», folgerte Debora. «Uns bleibt gar nichts anderes übrig.»

Raffi seufzte. «Hoffentlich bekommt Zwockel genug Futter und wird nicht gequält!»

«Hoffentlich», brummte Simon.

Alle vier sprangen über das Wasser. Sie wateten durch kräftig riechenden Bärlauch und stiegen zwischen den Nebelschwaden die steile Anhöhe hinauf.

Manfred wartete, bis sie hinter dem Grat verschwunden waren. Dann drückte er die Zigarette aus, raffte seine Sachen zusammen und schnappte sich den Krückstock.

Geschwächt schleppte er sich von der Hütte weg. Er wollte so schnell wie möglich von hier verschwinden, damit er weit weg wäre, wenn die Kids morgen zurückkämen. Obwohl er mit dem verletzten Fuß kein einziges Mal auftrat, durchzuckte ihn bei jedem Schritt ein unerträglicher Schmerz.

Beim Bach hielt er an und versuchte, einigermaßen trocken hinüberzugelangen. Doch dabei glitt sein Stock auf einem Stein ab. Manfred verlor den Halt und stürzte ans Ufer.

Vor Wut wimmernd, hämmerte er mit der Faust auf den Erdboden. Aber nach einer Weile fehlte ihm selbst dazu die Kraft. Vollkommen erschöpft blieb er im Matsch liegen.

Ein einsamer Plan

13

Als die Kids vom Wald nach Hause kamen, war es schon dunkel. Sie verabredeten sich mit Loko für den nächsten Tag und sahen ihm hinterher, wie er auf dem Rad davonpedalte. Loko sputete sich, um rechtzeitig zur Mietskaserne auf der anderen Seite des Dorfes zu gelangen. Sein Vater arbeitete in der Schuhfabrik, weshalb die Familie Gülgün Anrecht auf eine Wohnung in jener Siedlung hatte.

Auf der Vortreppe hielt Simon seine Schwestern zurück. «Erzählt den Eltern auf keinen Fall, dass wir Manfred gefunden haben! Sonst rufen sie womöglich die Polizei, und ihr wisst ja, was dann mit Zwockel passiert! Hörst du, Raffi?»

Die Kleine nickte, obwohl ihr dabei nicht wohl war. Insgeheim fragte sie sich, ob sie so etwas Wichtiges wirklich für sich behalten könnte.

Nach dem Eintreten hörten sie als Erstes Mutters Stimme: «Da seid ihr ja endlich! Abendbrot ist fertig!»

Die Kids hängten ihre Jacken auf und eilten in die Küche. Dort warteten alle schon auf sie.

«Wo seid ihr denn gewesen?» wollte Vater wissen.

Simon stockte. «Im Wald», antwortete er dann wahrheitsgemäß.

Müde ließen sich die Kinder auf ihre Plätze fallen. Silvia hatte Nudeln und Braten zubereitet, um zu beweisen, wie gut sie im Kurs kochen gelernt hatte. Der ganze Raum duftete verführerisch nach brauner Soße.

«Mmmm!» Debora hatte einen Mordshunger.

Alle gaben sich die Hände, so dass die ganze Familie einen Kreis bildete – von den Kids zu Vater, der am oberen Tischende saß, und weiter über Opa und Mutter bis zu Silvia. Die Kinder sangen nicht so fröhlich wie üblich, dafür brummte Opa mit tiefer Stimme mit: «Für Speis und Trank, fürs täglich Brot, wir danken dir, o Gott!»

«Guten Appetit!» wünschte Mutter. Sie kostete ein bisschen Fleisch. «Lecker! Hast du super gemacht, Silvia!»

Die Haushälterin blickte kaum auf. «Nicht übel, was?» Sie zerkleinerte Opas Bratenscheibe in mundgerechte Stücke, weil er das wegen seines schwachen Augenlichts nicht selbst tun konnte.

«Ich hab extra dieses Essen für euch gewünscht, Kinder», behauptete Opa schmunzelnd. «Weil's eure Leibspeise ist!»

«Ja, ja!» rief Debora. «Jeder weiß doch, dass es dein eigenes Lieblingsgericht ist!»

Nun lächelten auch Vater und Mutter. «Aber ihr mögt's auch, das stimmt doch, oder?»

«Ja Pingu», sagte die Kleine. «Den Food mag ich schon – aber was anderes mag ich gar nicht!» platzte sie heraus. «Ich hasse diesen Manf...»

Debora und Simon schauten sie bestürzt an.

Als Raffi der Versprecher bewusst wurde, bekam sie rote Wangen und stammelte: «Diesen M... M... dieses Monster!»

Mutter zog die Augenbrauen zusammen. «Wen hasst du?»

«Dieses Monster, das Zwockel genommen hat!» sagte Raffi treuherzig.

«Falls man wüsste, wer Zwockel entführt hat ...» versuchte Simon zu retten, was zu retten war. «Dann müsste man den Kerl so richtig fertig machen, um rauszufinden, wo er den Hund versteckt hält.»

«Ihn fertig zu machen würde da wahrscheinlich überhaupt nichts bringen», warf Vater ein. «Wenn der Typ den Hund hat, ist er ja am längeren Hebel.»

«Was würdest du denn tun?»

Herr Kaminski nahm einen Schluck Wasser und überlegte. «Ich würde mir was ausdenken, damit der andere mir nicht mehr schaden will.» Er setzte das Glas wieder ab.

«Und wie das?»

«Nun, ihm zum Beispiel einen Gefallen tun ...»

Entsetzt rief Raffi: «Einen Gefallen tun?!»

«Ja, in irgendeinem Punkt, wo er Hilfe brauchen kann», erklärte Vater. «Es klingt vielleicht seltsam – aber wenn ich einem Feind helfe, ist er meistens nicht mehr länger mein Feind.»

Opa nickte zustimmend.

Doch die Kids schüttelten den Kopf.

«Dem helfen?» Raffi verzog angewidert die Lippen. «Bestimmt nicht! Diesem M...»

Wie auf Nadeln starrten ihre Geschwister sie an.

«Monster!» schob Raffi nach.

Und Simon pflichtete ihr bei: «Helfen? Vergiss es! Nie im Leben!»

Während Raffi und Simon den Abend auf ihren Zimmern verbrachten, arbeitete Debora am Küchentisch. Im warmen Licht der Hängelampe bündelte sie Werbesendungen für ihre nächste Verteil-Tour. Dabei hörte sie die Radionachrichten.

«Und nun zum Wetter», sagte der Sprecher. «Eine Kältewelle erreicht von den Britischen Inseln her unser Land. In der Nacht sinken die Temperaturen unter den Gefrierpunkt. Vorsicht: Auf den Straßen ist mit Eisglätte zu rechnen.»

Im anschließenden Musikprogramm wurde ein Hitparadensong eingespielt.

Eisige Temperaturen, dachte Debora. Da könnte jemand im Wald ja glatt erfrieren. So eine Hütte bot bestimmt nicht viel Schutz gegen die Kälte.

Leise Gewissensbisse keimten in ihr auf. Was würde sie tun, wenn Manfred morgen tot in der Hütte läge? Zu essen hatte der bestimmt auch nichts dabei.

Eigentlich müsste man ihm helfen. Eigentlich ... Doch dann fielen ihr wieder seine höhnischen Worte ein, wie er Simon nachgeäfft hatte: «Wenn dem Hund was zustößt, wenn dem Hund was zustößt!» Und ihre Geschwister – die würden Manfred ganz bestimmt nicht beistehen wollen. Vorhin bei Tisch hatten sie's jedenfalls entschieden abgelehnt: «Vergiss es! Nie im Leben!»

Debora versuchte, das Bild des frierenden Jungen im Wald zu vergessen. Doch ihr Mitleid wurde immer drängender. Innerlich rang sie mit sich und zwang sich, an etwas anderes zu denken. Aber es gelang ihr nicht.

Schließlich gab sie sich einen Ruck.

Sie setzte Wasser auf und warf zwei Teebeutel hinein. Entschlossen trat sie in den Flur und schaute sich um. Als niemand zu sehen war, suchte sie im Schrank zwei Wolldecken heraus und stopfte sie in eine große Tasche.

Damit ging sie eilig in die Küche zurück. Dort holte sie das Brot aus dem Korb, schnitt ein paar Scheiben ab und legte sie in die Tasche auf die Decken.

Debora war erleichtert, weil das Wasser endlich siedete. Sie angelte mit einem Löffel die Beutel heraus und rührte viel Zucker in den Tee. Rasch goss sie das dampfende Getränk in eine Warmhalteflasche.

Nun war sie so weit. Im Flur zog sie ihre Jacke an und sah sich nochmals um. Dann verließ sie heimlich das Haus.

Eiskalte Angst

14

Schlotternd versuchte Manfred im nächtlichen Wald ein Feuer zu entfachen. «Mistding, jetzt brenn schon!» schrie er den Stapel aus Ästen an. Doch das Holz war zu nass. Trotzdem hielt er erneut das Feuerzeug an das Reisig. «Brenn, bitte, brenn!» wimmerte er. Ein Windstoß blies die Flamme aus. Der Nebel hatte sich inzwischen gelichtet, dafür war frostige Kälte aufgezogen.

Entnervt steckte Manfred das Feuerzeug ein und hauchte sich in die eiskalten Hände. Mit seinem Krückstock hinkte er zur Hütte zurück. Dort wäre er wenigstens geschützt vor dem einsetzenden Eisregen und der Zugluft, dachte er. Doch da bemerkte er plötzlich in der Finsternis eine Bewegung.

Er blieb stehen und machte undeutlich die Umrisse einer Gestalt aus.

Sie kam langsam auf ihn zu. Wie festgewachsen starrte er sie an.

Aus der Schwärze trat Debora hervor.

«Hab dir was mitgebracht», murmelte sie im Tosen der Windböen.

Als er sich noch immer nicht rührte, stellte sie die Tasche vor seinen Füßen ab.

Argwöhnisch blickte Manfred hinein. Er konnte die Wolldecken erkennen und die Brotscheiben. Ihm lief das

Wasser im Mund zusammen, und beim Gedanken an behagliche Decken fühlte er sich gleich noch zittriger, als er schon war – so entsetzlich durchgefroren, ohne Aussicht auf ein warmes Plätzchen, und sei es auch nur ganz winzig, irgendwo in der mörderisch kalten Nacht.

Misstrauisch fragte er: «Und was willst du dafür?»

«Nichts», antwortete Debora überrascht.

Manfred bückte sich nach der Warmhalteflasche. Er schraubte den Deckel ab und roch am Inhalt.

«Tee», sagte Debora.

Er nickte. «Ja, riecht nach Tee. Und was hast du da sonst noch reingetan?»

«Zucker ... Was soll denn sonst drin sein?»

«Weiß ich doch nicht. Schlafmittel, Gift, was weiß ich!»

«Gib her!» Sie nahm ihm die Flasche aus der Hand und trank einen Schluck. «Siehst du? Soll ich den Tee etwa wieder mitnehmen?»

Rasch schnappte er sich die Kanne zurück. Er schraubte den Deckel zu und musterte Debora lauernd. «Warum tust du das? Wieso bringst du mir die Sachen?»

«Weil ...» Sie überlegte, was sie am besten sagen sollte. Doch dann brach es ungezügelt aus ihr heraus:

«Ich hasse es, dass du unseren Hund geklaut hast! Am liebsten würde ich dir eine kleben und die Polizei anrufen! Aber ... ich hab ein schlechtes Gewissen, weil du hier draußen bist. Ich kann einfach nicht zu Hause ins warme Bett steigen, wenn ich weiß, dass da jemand fast erfriert. Darum tu ich's.»

Sie wandte sich ab und stapfte davon.

Manfred schaute ihr nach, solange er sie im Dunkeln erkennen konnte. Als ein scharfer Windstoß an seinen Kleidern zerrte, schnappte er die Tasche und verzog sich damit in die Hütte. Hastig wickelte er sich in die Wolldecken ein. Dann stopfte er sich die Brotscheiben in den Mund und trank dazu heißen Tee.

Als er die Flasche leer hatte, fühlte er sich schon viel besser. Draußen heulte zwar der Wind, aber in den Wolldecken war es fast schon wohlig warm. Umständlich klaubte er sein Handy hervor und rief wieder mal Oliver an. Doch der meldete sich noch immer nicht.

Aus seiner Hosentasche kramte er den Zeitungsausriss, auf den Oliver seine Handynummer gekritzelt hatte. Er wollte sichergehen, dass er wirklich die richtige Nummer wählte. Aber sie stimmte einwandfrei. Warum hob Oliver nie ab? War ihm etwas zugestoßen?

Nachdenklich schaltete Manfred das Handy aus – der Akku ging allmählich zur Neige und musste geschont werden.

Im Schein der Feuerzeugflamme streifte sein Blick über ein Foto auf dem Fetzen der Titelseite in seiner Hand. Das Bild zeigte ein Baby mit Verband am Kopf. Es lag im Arm einer Frau. Obwohl ihr Gesicht nur im Hintergrund und verschwommen zu sehen war, kam sie ihm seltsam bekannt vor. Es dauerte eine Weile, bis es bei ihm Klick machte: Das war doch die mit dem langen blonden Haar, die im Supermarkt Rattengift gekauft hatte! Der Zeitungsbericht trug den Titel «Hund beißt Kind». Und da machte es bei Manfred gleich nochmals Klick. Wenn das Kind dieser Frau gebissen wurde, wäre sie bestimmt nicht besonders gut auf Hunde zu sprechen. Er selbst hatte ja den Plan, mit Rattengift einen Köter zu killen – also könnte sie's doch tatsächlich auf die Weise getan haben! Vielleicht war diese Frau der gesuchte Hundemörder, von dem Ergün erzählt hatte!

Grübelnd steckte er den Papierfetzen wieder ein.

Auf einmal horchte er angestrengt hin, weil er draußen ein Knacken hörte. Da war es wieder! Schlich sich jemand heran? War er in eine Falle gegangen? Klar, das Ganze war eine erbärmliche Falle!

Er hielt den Atem an. Doch jetzt war nichts mehr zu hören.

Lautlos kroch er zum Hütteneingang und starrte hinaus in die Nacht. Kein Mensch weit und breit. Hatte er sich alles nur eingebildet? War das möglich? Bestimmt. Seine Sinne spielten ihm einen Streich. Er war übermüdet und fing an, Gespenster zu sehen.

Da knackte es wieder. Und dort drüben – bewegte sich dort nicht ein Schatten?

Verzerrt nahm er eine Gestalt wahr. Sie schien näher zu kommen. Aber im nächsten Moment war sie wieder weg. Vielleicht ein Busch, der im Sturm wankte?

Mit dem Feuerzeug leuchtete Manfred in die Schwärze. Der flackernde Schein reichte nicht weit. Wusch! blies der Wind die Flamme aus.

Im Finstern begann es zu knistern und zu rascheln.

Panikerfüllt fingerte er das Feuerzeug wieder an. Doch da war nichts zu erkennen. Nur Bäume, Sträucher, Büsche.

Irgendwo knarrte etwas, es knirschte und surrte, die ganze Umgebung verwandelte sich in ein unheimliches Rumoren.

Da verlöschte die Flamme. Aber nicht, weil sie ausgeblasen wurde. Das Feuerzeug war leer.

Manfred schüttelte es verzweifelt. Die Flamme züngelte winzig klein und ging schließlich ganz aus.

Alles um ihn herum versank in Dunkelheit.

Eine Verräterin?

15

Am trüben, kalten Morgen brachten die Kids Säcke mit Pflanzenerde vom Hinterhof in den Laden. Ab und zu mussten sie den Eltern helfen, weil KAMINSKIS BLUMENHOF eben ein Familienbetrieb war, in dem alle mit anpackten.

An diesem Vormittag machte auch Loko mit. Er und Simon schleppten gemeinsam die schweren 50-Liter-Säcke, während Debora und Raffi zusammen die 20er trugen.

«Ganz schön mühsam», maulte Raffi und wischte sich ihr schweißfeuchtes Haar aus der Stirn.

Debora streckte den Rücken durch. «Auch nicht gerade meine Lieblingsbeschäftigung», seufzte sie. «Aber dafür haben wir nachher den ganzen Tag für uns und können zu Manfred in den Wald.»

Als die Jungs aus dem Speicher kamen, legten alle vier Kinder eine Pause ein. Sie setzten sich auf die Steinplatten am Boden und vertilgten die Müsli-Riegel, die sie von Mutter bekommen hatten.

«Ich frag mich die ganze Zeit», mampfte Simon, «was Manfred wohl von uns verlangt, damit er Zwockel wieder rausgibt.»

Loko nickte. «Irgendwas hat er vor – bloß was?»

Nachdenklich knabberte Debora an ihrem Riegel. «Und was tun wir eigentlich, wenn wir seine Forderung gar nicht erfüllen können?»

«Dann tötet er Zwockel!» schauderte es Raffi.

«Das lassen wir nicht zu», versicherte Simon. «Ich hab nämlich eine Idee: Wenn er was Unmögliches verlangt oder uns noch länger hinhalten will, machen wir nicht mehr mit. Dann hungern wir ihn einfach aus!»

«Hey, das ist es!» Loko klopfte ihm auf die Schulter. «Bevor der in seinem kalten Loch draufgeht, wird er hundertpro rausrücken, wo Zwockel versteckt ist!»

«Genau!» rief Raffi begeistert.

Doch Debora lief rot an. «Das ... wird nicht gehen.»

«Warum? Es ist doch ganz easy!»

«Nein, eben nicht.» Betroffen blickte sie nieder. «Da ist was, das ich euch sagen muss.»

«Was denn? So was furchtbar Schlimmes kann's ja wohl nicht sein.»

Leise gab sie zu: «Ich hab Manfred gestern Nacht Brot und Wolldecken gebracht.»

«Du hast *was* getan?» Fassungslos sprang Simon auf.

«Das stimmt doch nicht, oder?» fragte Raffi. «War nur 'n Witz, ja?»

Debora schüttelte beschämt den Kopf.

«Das darf doch wohl nicht wahr sein!» zischte Simon. «Du bringst einem Kerl, der mich zusammenschlagen lässt und unseren Hund klaut, etwas zu essen und verwöhnst ihn noch mit ein paar Wolldecken?» Er verstand die Welt nicht mehr.

«Ich wollte doch nur ...»

Raffi und Loko rückten von ihr weg und stellten sich

zu Simon, der Debora wütend anstarrte. «Die eigene Schwester hilft unserem Todfeind! Du Verräterin!»

Da begann sie mit leidverzerrtem Gesicht bitterlich zu weinen.

«Hätt ich nicht von dir gedacht», murmelte Raffi, während Loko in der bedrückenden Stille schwieg.

Debora richtete sich schluchzend auf und rannte vom Hof.

«Das wirst du noch bereuen!» schrie Simon hinter ihr her.

In der Stadt schaute Zwockel sehnsüchtig durchs Fenster der Blumenhandlung Tobler zur Wiese auf der anderen Straßenseite hinüber. Er ließ sich auf die alten Decken im Pflanzenlager nieder und winselte leise.

Neben ihm spitzte das Collie-Männchen die Ohren, als sich im Hof Schritte näherten.

«Rex! Happihappi!» Jessica, die neunjährige Besitzerin des Rüden, trat ein und füllte die Fressnäpfe mit Nahrung auf.

Während Rex sich auf die Brocken stürzte, blieb Zwockel einfach liegen.

Jessica kauerte sich zu ihm, streichelte ihm übers Fell und hielt ihm einen Hundekuchen vor die Nase.

«Na? Guck mal, die sind doch lecker! Magst du wirklich keinen einzigen?»

Zwockel roch an dem Knusperchen. Doch dann wandte er den Kopf ab.

Besorgt stand Jessica auf und rannte ins Haus.

Im Flur rief sie: «Mami, der zugelaufene Hund frisst noch immer nichts!» Sie trat ins Zimmer neben der Küche, das dem Blumengeschäft als Büro diente.

Am Schreibtisch blickte Frau Tobler von ihrer Arbeit auf. «Der hat ganz offensichtlich Heimweh.»

«Ja, aber wenn er noch lange nichts annimmt, verhungert er!» fürchtete Jessica. «Er ist schon ganz schwach!»

Frau Tobler hob die Schultern. «Würde er ein Halsband mit Hundemarke tragen, wär's kein Problem. Aber so kann ich auch nichts weiter tun, als den Blumenlieferanten anzurufen, von dessen Lastwagen der Collie heruntergesprungen ist.»

«Ja, aber...»

«Der Mann ist zur Zeit auf einer Blumenmesse und nicht zu erreichen. Tut mir Leid.»

«Könntest du's denn nicht noch mal versuchen? Jetzt gleich?»

Seufzend griff die Mutter zum Telefonhörer und wählte. «Ich hab's zwar schon x-mal versucht, aber dir zuliebe ...»

Als jemand abhob, verlangte sie den Lieferanten zu sprechen. «Ach wirklich? Ja, gerne, ich warte.» Sie verdeckte mit der Hand die Sprechmuschel. «Er ist da! Früher von der Messe zurückgekommen als erwartet.»

«Siehst du!» Das Mädchen beobachtete sie aufgeregt.

«Guten Tag, hier ist Tobler. Sie haben vorgestern Blumen geliefert, und da ist Ihr Hund bei uns abgesprungen. Vermissen Sie ihn noch nicht?» Einige Sekunden blieb sie still. «Ach, Sie haben gar keinen Hund?» staunte sie. «Aber der Collie ist von Ihrem Laster gesprungen, da sind wir ganz sicher – unsere Kleine hat es gesehen.»

«Ich bin nicht klein!» fuhr Jessica hoch.

Doch Frau Tobler legte den Finger an die Lippen. «Ja, natürlich, so muss es gewesen sein!» sagte sie in den Hörer. «Welche Blumenhandlungen haben Sie denn vor uns beliefert, bei denen der Collie in Ihren Lastwagen gesprungen sein könnte?»

«Ach, so war das!» flüsterte das Mädchen. «Wem könnte der niedliche Hund bloß gehören?»

«Gern, ich notiere.» Eilig schrieb Frau Tobler Namen und Telefonnummern auf ihren Notizblock: *Brinkmann, Tomasek, Schubert, Kaminski, Mangold ...*

Dann beendete sie das Gespräch. Sie zwinkerte Jessica zu und wählte gleich die erste Nummer. «Ein kleiner Schlingel, unser zugelaufener Hund!»

«Hoffentlich finden wir den Besitzer bald!»

«Guten Tag, Herr Brinkmann», grüßte die Mutter. «Ist bei Ihnen vielleicht ein Collie entlaufen?»

Der Verdacht

16

In der Nähe der Waldhütte saß Manfred auf einem Stein und kühlte sein Fußgelenk im Bach. Sein Gesicht war kreideweiß. Fettige Haarsträhnen klebten ihm auf der Stirn.

Als er die Kälte des Wassers nicht mehr aushielt, zog er den Fuß heraus. Schweren Herzens trennte er von seinem T-Shirt ein Stück ab und wickelte den Stofffetzen um das geschwollene Gelenk. Der Schmerz pochte dumpf, aber wenigstens schien der Knöchel nicht gebrochen zu sein.

Mit Hilfe seines Krückstocks humpelte er zur Hütte. Sein erster Griff galt den Zigaretten, bis ihm einfiel, dass sein Feuerzeug ja leer war. Erneut drehte er es an und hoffte auf ein winziges Flämmchen. Vergeblich. Das Feuerzeug sprühte bloß Funken, die nicht genügten, um den Tabak anzuglimmen.

«Mist, Mist, Mist!» brüllte Manfred. Es machte ihn völlig fertig, nicht mehr rauchen zu können.

Nervös holte er das Handy heraus und versuchte wieder einmal, Oliver zu erreichen. Doch der ging nicht ran und würde wahrscheinlich auch nie rangehen. Der hatte ihn einfach im Dreck sitzen lassen. Ganz bestimmt käme der nicht mehr, um ihn hier rauszuholen. Das konnte man endgültig vergessen.

Wieder glitt Manfreds Hand zu den Zigaretten. Aber was nützten ihm die verfluchten Stängel, wenn er sie nicht anzünden konnte? Verbittert knüllte er die Packung zusammen und warf sie mit einem wütenden Aufschrei in die Bärlauchpflanzen hinaus.

Auf dem Handy-Display blinkten die Worte AKKU LADEN auf.

«Auch das noch!» Manfred schaltete das Gerät ab und schob es in die Innentasche der Jacke. Dabei fiel ihm ein Umschlag auf, und er zog ihn heraus.

Es war der zweite Drohbrief, den er im Heim geschrieben hatte. Er öffnete ihn und las die Zeilen. Mit diesen Briefen hat alles begonnen, überlegte er. Und das Einzige, was ihm die ganze Sache gebracht hatte, war ein Haufen Pech. Er konnte nicht mehr verstehen, was er sich davon versprochen hatte. Niedergeschlagen schüttelte er den Kopf. Hatte er tatsächlich geglaubt, nach der Rache an den Kaminskis würde er sich besser fühlen? Hatte er gedacht, so könnte er seine Probleme lösen? Es war doch vollkommen klar, dass er auf diese Tour nichts erreichte. Alles, was er wollte, war doch bloß ein besseres Leben. Ein Leben, in dem er von jemandem akzeptiert und gemocht wurde. Von irgendwem – Freunden, Vater, Mutter ... Seine Hände zitterten. Die Schrift verschwamm vor seinen Augen.

Während Manfred zu einem Busch humpelte, schmerzte sein Fußgelenk mehr denn je – so würde er nicht von hier wegkommen, da konnte er machen, was er wollte. Er war gerade fertig mit Pinkeln und zog fröstelnd den Reißverschluss hoch, als drüben beim felsigen Grat jemand auftauchte.

Simon, Loko und Raffi stiegen die Anhöhe herab. Sie unterhielten sich, und als sie beim Bach waren, konnte Manfred sie verstehen.

«Wenn die uns alles verpfuscht hat, wird sie noch was erleben!» schäumte Simon.

Raffi wirkte bedrückt. «Mir tut Debora langsam Leid. Vielleicht hat sie's gar nicht so böse gemeint.»

Schnell duckte Manfred sich in die Ecke der Holzbude und stopfte die Wolldecken in die Tasche. Er wollte gerade die Warmhalteflasche dazuschieben, als Simon vom Eingang her sagte: «Das kannst du bleiben lassen, wir wissen eh längst alles.»

Trotzdem verstaute Manfred die Flasche. Dann musterte er die Kinder abwartend.

«Nun mach schon», drängte Loko. «Was läuft jetzt?»

«Nur nicht so hastig.» Manfred legte sich hin und betrachtete die Hüttendecke. «Ich bestimme hier, wie's weitergeht.»

«Was soll das?» fragte Simon gereizt. «Wir wollen jetzt endlich Zwockel wiederbekommen!»

Doch Manfred sah nicht so aus, als wollte er den Mund aufmachen.

Loko stupste Simon an. «Sieh mal, wer da kommt.»

Drüben beim steilen Abhang kletterte Debora zwischen den Felsbrocken herab. Aus der Nähe erkannten die Kinder, dass sie eine Klarsichttüte mit Lebensmitteln bei sich hatte.

«Das gibt's ja nicht!» rastete Simon aus. «Die bringt dem Kerl schon wieder zu essen! Ich glaub's einfach nicht!»

Auch Raffi konnte ihre Schwester nicht begreifen.

Debora blieb einige Schritte vor der Hütte stehen und winkte die Kinder zu sich.

Sie zögerten. Schließlich überwand sich Raffi und trottete hin. Simon und Loko folgten ihr.

«Ich möchte euch was sagen», murmelte Debora flau. «Ich weiß nicht wie, aber ...»

Eine beklommene Stille folgte. In der Hütte lauschte Manfred angestrengt, um etwas von dem Gespräch mitzubekommen.

Debora fasste sich ein Herz. «Ich sag's einfach, wie's ist. Manfred will uns fertig machen – und wir schlagen zurück. Darauf schlägt er wieder zu, und das geht immer so weiter. Es ist zum Verrücktwerden!» Sie suchte nach Worten. «Seht ihr denn nicht? Das kann nur aufhören, wenn einer nachgibt!»

«Dieser Kerl», schrie Simon, «hat unseren Hund entführt!»

«Ich weiß.» Sie blickte ihren Bruder an. «Aber jemand muss als Erster aufhören ... Der Klügere gibt nach. Lass uns die Klügeren sein.»

Loko kratzte sich am Kinn. «Da ist was dran.»

«Es stimmt ja», seufzte Raffi. «Aber was sollen wir bloß tun?»

Simon schaute enttäuscht zu Boden. Er hatte das Gefühl, von allen verraten zu werden. Aber er wusste selbst nicht, wie es weitergehen sollte – welches der beste Ausweg aus dieser verfahrenen Lage war.

«Also, ich bring ihm jetzt die Sachen.» Entschlossen ging Debora um den Bretterverschlag herum.

In einigem Abstand folgten ihr die anderen.

Sie kauerte sich in die Öffnung und stellte die Tüte vor Manfred auf die Erde. Daneben legte sie eine Packung Hundefutter. «Kümmer dich gut um Zwockel, bis du ihn uns wiedergibst, hörst du?»

Manfred sah sie mit wundem Blick an. «Ich ... der Hund ist in ... Sicherheit», stammelte er. «Aber wenn ihr nicht tut ... was ich verlange, dann ...» Er brach ab und senkte den Kopf. Irgendwie hatte das alles doch gar keinen Sinn. Er kam nicht dagegen an, dass seine Augen feucht wurden. Sinnlos wiegte er die Futterschachtel in der Hand und stotterte: «Ich – ich hab euren Hund gar nicht.»

«Ja Pingu!» rief Raffi verwirrt.

«Echt, ich ...»

«Warte mal!» Loko baute sich vor ihm auf. «Du schickst 'nen Drohbrief, der Hund verschwindet tatsächlich, und das soll alles bloß Zufall sein?»

«Ich hab wirklich nichts damit zu tun. Ehrenwort! Aber vielleicht weiß ich doch was ...»

«Ach, komm!» Debora musterte Manfred zweifelnd.

Umständlich fingerte er den Zeitungsausriss mit der Schlagzeile «Hund beißt Kind» aus der Hosentasche und hielt ihn Debora hin. «Hier, die Frau da drauf – die hab ich in 'nem Laden gesehen, wie sie Rattengift gekauft hat.»

«Ist das jetzt wieder so ein Trick von dir, oder was?» fuhr Simon ihn an.

Doch Manfred hörte gar nicht hin. Er achtete nur auf Debora.

Sie betrachtete das Zeitungsfoto und verzog das Gesicht. Das Baby auf dem Bild tat ihr Leid. «Und warum erzählst du mir das?»

«Na ja, die Frau könnte doch was mit den Hundemorden zu tun haben – und vielleicht auch mit deinem Hund ...»

«Kein schlechter Gedanke», gab Loko zu.

Debora wandte sich zu den anderen um. «Was meint ihr? Wär das vielleicht eine Spur?»

«Kann man leicht rausfinden», versetzte Simon. «Herr Zeltner wollte doch die Todesursache seiner Dogge abklären lassen. Und wenn das Rattengift war ...»

«Klar, natürlich!» Debora zog ihr Handy heraus. Sie ließ sich von der Auskunft die Telefonnummer geben und wählte dann gleich.

«Tag, Herr Zeltner», meldete sie sich. «Hier ist Debora Kaminski. Ich hab da eine Frage: Liegen die Untersuchungsresultate von ‹Sitting Bulls› Tod schon vor?» Sie lauschte und machte ein paar Mal «Mhm, mhm». Plötzlich horchte sie auf. «Das ist aber interessant! Vielen Dank. Und 'n schönen Tag noch.»

Gespannt schauten die Kinder sie an.

Deboras Augen funkelten. «Tatsächlich! Die Dogge ist mit Rattengift getötet worden!»

«Das ist ja 'n Ding», staunte Raffi.

«Herr Zeltner hat erklärt, dass ‹Sitting Bull› wegen des Gifts innerlich verblutet ist. Der Hund muss grausam gelitten haben.»

Simon wurde ganz kribbelig und vergaß den Stunk, der vorhin noch geherrscht hatte. «Jetzt muss alles schnell gehen! Wenn Zwockel schon die ganze Zeit bei der Frau ist, kommt's vielleicht auf jede Minute an!»

«In der Zeitung steht ihr Name nicht», sagte Manfred. «Sie wird nur Frau B. genannt. Aber dass sie im Nachbardorf wohnt, das steht drin.»

«Das ist doch schon mal etwas!» fand Loko.

Simon trat zu Debora. «Darf ich mal sehen?»

Sie gab ihm den Zeitungsbericht.

«Von der Frau ist nicht gerade viel zu sehen.» Er wandte sich an Manfred. «Kannst du sie beschreiben?»

«Tja ...» Der Junge dachte nach. «Sie hat langes blondes Haar ...»

«Und weiter?»

«Na ja – sie ist so ungefähr ... mittelgroß.»

«Das trifft auf viele Frauen zu», bemerkte Debora. «Würdest du sie wiedererkennen, Manfred?»

«Ich denk schon.» Er nickte bestimmt. «Ja, sicher.»

Ein neues Opfer

17

Loko und die Kids hetzten über die Holzbrücke und eilten dem tosenden Fluss entlang zum Kaminski-Hof.

«Okay – also, bis gleich!» Debora steckte ihr Handy ein. «Suila holt die Stuten und bringt sie zu uns auf den Hof.»

«Super!» Schnaufend trabte Raffi neben ihr her. «Aber könnt ihr Manfred wirklich mit dem Pferd aus dem Wald schleppen?»

«Wir müssen einen kleinen Umweg machen, die Stuten schaffen es nicht die Felsen hinab. Doch Manfred wird's schon durchstehen.»

«Soll er sich eben ein wenig zusammenreißen», grinste Loko.

Simon nickte. «Dabei sein muss er unbedingt, wir brauchen ihn! Hoffentlich fährt uns Silvia mit ihrem Auto ins Nachbardorf – so sind wir am schnellsten dort!»

Bei den Treibhäusern bogen die Kinder auf den Kiesweg ein. Sie überquerten den Hinterhof und liefen ums Gebäude herum.

Als sie die Treppe zum Haupteingang hochsteigen wollten, hielt ein Auto auf dem Vorplatz an. Am Steuer saß eine Frau, und ein Mädchen öffnete die Wagentür. Sofort sprang ein Collie heraus.

Die Kids trauten erst ihren Augen nicht.

Doch dann machte sich Enttäuschung breit. Der Hund hatte keinen weißen Fleck auf der Stirn und war um einiges größer als Zwockel.

Simon murrte: «Unsere Eltern werden doch wohl nicht einen anderen Collie gekauft haben?»

«Ich will keinen anderen!» jammerte Raffi.

In diesem Augenblick hopste ein zweiter Collie aus dem Auto.

Ungläubig starrten die Kinder ihn an. Dieser Hund hatte den weißen Fleck! Und auch die Größe stimmte!

Er fegte auf die Kids zu.

«Zwockel!» jubelten alle wie aus einem Mund. Auch Loko strahlte übers ganze Gesicht.

Hechelnd hüpfte der Collie an Debora hoch. Sogar die Wangen ließ sie sich diesmal lecken, so glücklich war sie, Zwockel wiederzusehen.

Die Kinder umringten den Hund und liebkosten ihn stürmisch. Jeder wollte ihm am nächsten sein. Raffi drückte ihr tränenüberströmtes Gesicht an sein Fell. «Zwockel, lieber, lieber Zwockel», schniefte sie immer wieder, während Zwockel vor Aufregung wie verrückt mit dem Schwanz wedelte.

Vom Tumult auf dem Vorplatz angelockt, traten Mutter und Vater aus dem Laden. Eine Weile schauten sie lächelnd zu, wie die Kids ihren geliebten Hund herzten. Dann gingen sie zu Frau Tobler hinüber, die inzwischen mit Jessica aus dem Auto gestiegen war. Das Mädchen kniete neben Rex und tätschelte den Collie zärtlich.

«Vielen Dank, dass Sie uns angerufen haben», begrüßte Mutter die Blumenhändlerin.

«Keine Ursache – wir sind auch froh, dass der Hund wieder an seinem Platz ist.»

«Und wir erst!» Vater stieß erlöst Luft aus. «Eins ist mir allerdings völlig schleierhaft. Weshalb um Himmels willen ist Zwockel in den Lastwagen gesprungen? So was hat er noch nie getan!»

«Keine Ahnung.» Frau Tobler schüttelte den Kopf. Dann fiel ihr plötzlich etwas ein. «Oder doch! Jetzt geht mir natürlich ein Licht auf!» Schmunzelnd fasste sie sich an die Stirn. «Der Blumenlieferant sagte an dem Morgen, sein Pausenbrot sei verschwunden, es hätte sonst immer hinten im Seitenfach gelegen!» Sie lachte. «Er hat schon seine Frau verdächtigt, keins eingepackt zu haben! Nun wissen wir natürlich, wer das Schinkenbrot stibitzt hat!»

«So, so!» Raffi knuddelte Zwockel am Bauch. «Du bist mir vielleicht einer!»

Auch Simon und Loko mussten grinsen. «Was der nicht alles tut für ein leckeres Häppchen!»

Zwockel machte sich los, rannte zu Rex und stupste ihn mit der Nase an. Ausgelassen stoben die beiden Collies über den Platz davon.

Jessica und Raffi setzten den Hunden ums Haus herum nach. «He! Wohin wollt ihr denn?!»

Sie sahen eben noch, wie die Collies hinter den Treibhäusern verschwanden.

«Rex! Fuß!» rief Jessica. Doch die Tiere kamen nicht zurück. «Hoffentlich türmen die jetzt nicht!»

Raffi kicherte. «Nur keine Angst – es ist ja kein Lastwagen mit Sandwich in der Nähe!»

«Das stimmt! Aber sonst kommt Rex immer gleich, wenn man ihn ruft.»

«Die beiden scheinen sich richtig angefreundet zu

haben!» Raffi guckte das Mädchen von der Seite an. «Du? Soll ich dir was zeigen?»

«Was denn?»

Geheimnisvoll deutete sie zum alten Nussbaum. «Komm mit!»

Jessica folgte ihr neugierig über die Wiese, auf der überall Frühlingsblumen in Gelb, Rot und Weiß sprossen. Unter dem Baum spähte sie in die Höhe. «Was ist denn das?»

«Sieh's dir an!»

Nacheinander kletterten die beiden die Strickleiter hinauf.

Oben erreichten sie eine Plattform, die aus Brettern gezimmert war. Von hier hatte man einen großartigen Ausblick über den Hof.

«Das ist mein Lieblingsplätzchen», weihte Raffi das Mädchen ein. «Jetzt ist es zu nass – aber sonst bin ich oft zum Spielen hier.»

«Poa!» staunte Jessica. «Das würde mir auch gefallen!»

«Super, was? Manchmal erfinde ich hier kleine Geschichten.» Sie schaute auf. «Schreibst du auch gerne? Wir könnten uns Briefe schicken – wie's den Hunden geht und so.»

Begeistert nickte Jessica. «Au ja, gute Idee! Deine Adresse hab ich ja, und deine Mutter hat meine!»

Als sie entferntes Hufgeklapper hörten, machten sich die Mädchen daran, vom Baum hinabzusteigen. Unten angekommen, flitzten sie über die Wiese zum Vorplatz.

Dort ritt Suila eben auf ihrem Lipizzaner-Schimmel Lucy übers Kopfsteinpflaster. Die schwarze Friesenstute Fanny hatte sie im Schlepptau.

Alle Kinder umringten die Pferde, und Debora rief: «Hey, Suila, stell dir vor, Zwockel ist wieder da!»

«Ist nicht wahr! Das ist die schönste Überraschung der Welt!»

«Dieses Mädchen hier hat ihn zurückgebracht.» Bedeutungsvoll wies Raffi auf die Kleine aus der Stadt, doch die sah schüchtern zu Boden. Ein stolzes Lächeln konnte sie allerdings nicht ganz verbergen.

«**Leider ist die Sache noch nicht ausgestanden.**» Vater trat mit gefurchter Stirn zu den Kindern. «Ich hab einen unerfreulichen Anruf gekriegt. Es ist wieder ein Hund umgebracht worden!»

«Oh nein!» seufzte Loko. «Welcher denn? Kennen wir ihn?»

Vater schüttelte den Kopf. «Ich jedenfalls nicht. Ein Pitbull-Terrier. Aber es hätte wahrscheinlich jeden treffen können.»

Simon blickte ernst. «Dann ist Zwockel ja immer noch in Gefahr! Nimmt das denn nie ein Ende?»

«Die Leute im Dorf wollen jetzt eine Art Bürgerwehr aufstellen», erklärte Vater. «Alle Hundebesitzer und einige freiwillige Helfer starten eine Suche nach diesem mysteriösen Hundetöter.»

«Da machen wir auch mit!» rief Debora.

Die Kids warfen sich einen verschwörerischen Blick zu. «Klar doch! Logo!»

«Aber passt auf, das könnte gefährlich werden!» warnte Vater. «Ihr habt doch schon die ganze letzte Zeit was im Schilde geführt – möchte bloß wissen, was ihr diesmal wieder vorhabt.»

Die Kinder waren froh, dass Zwockel und Rex auf

den Platz gerannt kamen und Vater dadurch abgelenkt wurde. Die Pferde schnaubten nervös wegen der Hunde.

«Jessica, wir fahren!» Frau Tobler hielt die Autotür auf. «Komm, Rex! Rein mit dir!»

Doch der Collie wollte nicht einsteigen. Winselnd stand er neben Zwockel und rührte sich nicht vom Fleck. Die Blumenhändlerin fasste ihn am Halsband und hatte die größte Mühe, den schweren Hund auf den Sitz zu hieven.

Zwockel jaulte herzzerreißend, als die Wagentüre hinter dem Rüden zuschlug. Die beiden Collies konnten sich kaum voneinander trennen.

Raffi und Jessica erging es ähnlich. «Möchtest du in den nächsten Schulferien mit Rex zu uns kommen?» Sie sah der Kleinen zu, wie sie auf den Beifahrersitz kletterte. «Dann könnten wir zusammen spielen.»

«Au ja! Darf ich, Mami?»

«Mal schauen.» Frau Tobler ließ den Motor an. «Wenn sich's einrichten lässt – warum nicht?»

Auf frischer Tat

18

Silvias alter VW holperte zum Waldrand. Während sie im Auto wartete, stiegen Simon, Raffi und Loko aus und kamen gerade rechtzeitig: Eben führten die Mädchen ihre Stuten an den Zügeln aus dem Gehölz. Manfred versuchte sich wackelig auf Deboras Pferd im Sattel zu halten. Bei jedem Ruckeln fiel er fast herunter, obwohl er sich krampfhaft an der Mähne festklammerte.

«Hat's gut geklappt?» fragte Raffi.

Suila nickte. «Nur beim Aufsteigen hat er ein bisschen Mühe gehabt ...»

«Dafür sieht er jetzt wie ein echter Sportreiter aus», schmunzelte Loko.

Vor dem Auto hielten die Stuten an. Manfred ließ sich mit schmerzverzerrtem Gesicht zur Erde herabrutschen. Wortlos hinkte er zum Wagen und mühte sich auf die Rückbank. Den Stock, den er immer als Krücke benützte, nahm er mit hinein.

Debora drückte die Tür ins Schloss. «Im Auto ist nicht genug Platz für uns alle – Suila und ich reiten ins Nachbardorf, dann treffen wir uns dort!»

«Okay.» Schleunigst warf sich Raffi auf den Beifahrersitz, damit niemand ihr diesen Platz wegschnappen konnte. Sie liebte es, im Auto vorne zu sitzen, weil sie das bei Mutter oder Vater nie durfte – dazu wäre sie noch zu klein, behaupteten die Eltern.

Die Jungs stiegen hinten ein und quetschten sich neben Manfred.

«Bis gleich!» rief Simon zu den Mädchen hinaus, bevor er die Tür zumachte.

Silvia drehte den Zündschlüssel und legte den Rückwärtsgang ein. «Also, kann's losgehen?»

Unterwegs musterten die Kids Silvias Wagen. Der Innenraum sah halb so schlimm aus wie früher. Zwar lagen Kaugummi-Papierchen auf der Fußmatte, aber es gab dort keine zusammengeknüllten Kekspackungen mehr. Und obwohl das Hausmädchen immer noch rauchte, quoll der Aschenbecher am Armaturenbrett nicht vor Kippen über, sondern ließ sich einwandfrei schließen.

Im Nachbardorf parkte Silvia vor der Gemischtwarenhandlung. «Im Tante-Emma-Laden wissen sie bestimmt Bescheid über sämtliche Einwohner!»

«Hat Tante Emma denn in diesem Dorf auch einen Laden?» wunderte sich Raffi.

Simon grinste. «Das ist doch nicht dieselbe Frau, du Schlaumann! Den Laden nennt man bloß überall so, weil er so klein ist.»

«Ja Pingu! Selber Schlaumann!» schmollte Raffi.

Loko stieg aus. «Ich werd mal fragen gehen.» Er verschwand in dem Geschäft.

Während sie warteten, hustete Manfred immer wieder. Dazwischen schaute er sich unruhig um und rollte den Krückstock auf seinen Knien.

Als Loko endlich wieder aus dem Haus kam, hatte er ein Lächeln im Gesicht. «Es gibt mehrere blonde Frauen im Dorf, deren Name mit B anfängt», erzählte er, während er sich auf den Rücksitz schmiss. «Aber nur eine davon hat ein Kind, das neulich von einem Hund gebissen wurde. Eine sehr nette junge Dame, die immer freundlich ist, sagt die Frau im Laden hier. Die heißt übrigens wirklich Emma.»

Erstaunt drehte Raffi den Kopf. «Ist nicht wahr?»

Loko nickte. «Emma als Nachname. Ihr Vorname ist: Tante.»

Mit verzogenem Mund murmelte Raffi: «Ha, ha.» Doch dann musste sie selber lachen.

«Und wo wohnt diese nette junge Blondine?» wollte Silvia wissen.

Loko zeigte die Straße lang. «Hier runter, dann die zweite rechts.»

Als Debora und Suila mit ihren Pferden eintrafen, ritten sie dem VW hinterher. Silvia fand das Haus und hielt gegenüber dem alten Backsteingebäude an.

Leise stiegen die Kids aus und traten zum Holzzaun. Aus der Nähe sahen sie im Garten einen Kinderwagen an der Sonne stehen. Darin lag ein schlafendes Baby mit Gesichtsverband. Miauend strich eine getigerte Katze um die Räder herum.

«Und was machen wir jetzt?» Raffi war ganz kribbelig.

Simon flüsterte: «Wir denken uns im Auto einen Plan aus – fällt sonst auf, wenn wir hier so rumstehen.»

Sie setzten sich wieder auf ihre Plätze. Neben dem VW scharrten die Pferde mit den Hufen. Debora beugte sich vor und strich Fanny begütigend durch die Mähne, während Suilas Stute dicke Pferdeäpfel auf den Asphalt platschen ließ.

«Iiiii!» machte Raffi im Wagen und hielt sich die Nase zu.

Plötzlich ging drüben beim Backsteinhaus die Tür auf. Eine blonde Frau trat heraus. In der Hand trug sie einen Plastikbeutel. Ganz in Gedanken vertieft holte sie den Kinderwagen und schob ihn zum Gartentor.

«Ist sie das?» fragte Loko gespannt. «Die Frau, die im Supermarkt Rattengift gekauft hat?»

Manfred linste durch die Scheibe und nickte sofort. «Das ist sie. Ganz klarer Fall!»

Draußen ritten die Mädchen wie selbstverständlich weiter, als kämen sie jeden Tag hier vorbei. Silvia klappte zur Tarnung eine Landkarte auf, um sich scheinbar darin zu vertiefen.

Doch die junge Mutter schaute gar nicht zu ihnen herüber. Mit unbewegtem Gesichtsausdruck schob sie ihr Baby den Bürgersteig entlang.

«Am besten gehst *du* ihr nach, Raffi!» schlug Simon vor. «Das ist nämlich viel unauffälliger, als wenn wir alle ihr folgen.»

Die Kleine blitzte ihn an. «Und ihr? Was tut ihr?»

«Wir warten hier, was sonst?»

«Ihr fahrt bestimmt nicht weg?»

«Logo nicht. Nun mach schon!»

Beklommen stieg Raffi aus. In einigem Abstand schlenderte sie der Blonden hinterher. Dabei pfiff sie laut vor sich hin, was natürlich das Auffallendste war, das sie tun konnte. Aber die Frau bemerkte es nicht. Sie war wie versunken in eine eigene Welt.

Als das Sträßchen eine Biegung machte, spähte Raffi zurück zu den Kindern. Sie saßen im Auto und starrten ihr nach.

Zaghaft pirschte sich die Kleine um die Kurve. Ohne die Frau aus den Augen zu lassen, trottete sie auf dem gegenüberliegenden Gehsteig an den Vorgärten herausgeputzter Eigenheime vorbei.

Vor einer schmucken Villa blieb die Mutter mit dem Baby stehen. Das Grundstück lag in der nachmittäglichen Stille verlassen da. Ganz offensichtlich war niemand zu Hause. Nur im Garten lauerte in der Hundehütte ein Dobermann.

Raffi ging hinter einem geparkten Auto in Deckung und linste am Kotflügel vorbei.

Die Frau war plötzlich wie verändert. Sie wirkte jetzt hellwach und blickte sich sorgfältig nach allen Seiten um. Als niemand kam und auch hinter den Fenstern der anderen Häuser kein Mensch zu sehen war, holte sie aus ihrer Tüte einen Futternapf mit Fleisch, stellte ihn hastig in den Garten und rief den Hund.

Aus geweiteten Augen beobachtete Raffi, was nun passierte. «Das Fleisch ist bestimmt vergiftet», dachte sie. «Aber was soll ich bloß tun?»

Die Blonde versuchte, den Hund anzulocken, doch als der Dobermann wachsam liegen blieb, wurde ihr die Sache anscheinend zu gefährlich. Nervös um sich blickend, stopfte sie die Tüte in ihre Manteltasche, wendete den Kinderwagen und rollte ihn auf dem Gehsteig wieder zurück.

Raffi schlich zum Heck des Autos. Geduckt wartete sie, bis die Frau hinter der Straßenbiegung verschwand. Erst jetzt wagte sie sich aus dem Versteck und huschte zu der Villa hinüber.

Als sie beim Gartenzaun ankam, erhob sich der Dobermann. Er tappte kraftstrotzend über die Wiese auf Raffi zu und knurrte sie gefährlich an. «Der beißt mich, der beißt mich!» durchfuhr es sie. Noch ehe ihr klar war, was sie tat, beugte sie sich über den niedrigen Zaun. Der Dobermann schnappte nach ihr. Knapp bevor er sie erreichte, hob sie im letzten Moment den Futternapf heraus.

Der Hund stieg mit gefletschtem Gebiss an der Umzäunung hoch und bellte wütend.

Geschockt machte die Kleine einen Satz rückwärts. Zum Glück wurde der Dobermann von einer Kette gehalten, obwohl er daran zerrte wie verrückt.

Als Raffi bewusst wurde, in welche Gefahr sie sich begeben hatte, fing sie so stark zu schlottern an, dass sie den Napf kaum mehr in den Händen halten konnte.

Mitten ins Gesicht

19

In einer Seitengasse hielten Debora und Suila die Pferde an den Zügeln und spähten um die Hausecke. Lange brauchten sie nicht zu warten, bis die blonde Frau zurückkam. Sie stellte den Kinderwagen im Garten ab und verschwand im Backsteingebäude.

«Nichts wie los!»

Eilig führten die Mädchen ihre Stuten zu Silvia und den Kindern, die alle vor dem VW standen. Nur Manfred blieb drinnen sitzen.

Gleichzeitig traf auch Raffi ein. Sie trug die Futterschüssel vor sich her. «Das hier hat die Frau in der Plastiktüte gehabt!» Aufgeregt erzählte sie, was sie erlebt hatte.

«Woa, du hast ganz schön Mut!» lobte Loko. «Ich weiß nicht, ob ich mich auch getraut hätte, dem Hund den Napf vor der Schnauze wegzuschnappen!»

Debora klopfte ihrer Schwester auf den Rücken. «Ich auch nicht! Echt toll!»

«Jetzt ist ja wohl alles klar», rief Simon. «Die Frau wollte schon wieder einen Hund töten! Kommt, Leute!» Er ging zum Gartentor.

Silvia und die Kinder folgten ihm, während Debora ins Auto blickte. «Du kommst nicht mit, Manfred?»

Er schüttelte den Kopf.

«Ich bleib auch hier», sagte Suila, «und passe auf die Stuten auf.»

«Okay.» Debora rannte über die Straße.

Die anderen warteten bereits auf der Steintreppe vor der Haustür.

«Sollen wir wirklich ...?» Raffi guckte bange. «Und wenn sie uns nun was tut?»

«Ich bin ja bei euch», meinte Silvia. Ihr war jedoch deutlich anzusehen, dass sie ebenfalls Herzklopfen hatte, als sie läutete.

Das Namensschild über der Klingel trug die Aufschrift *P., U. + B. Braun*.

Hinter dem Türspion veränderte sich das Licht – bestimmt würde Frau Braun gleich herausspähen. Rasch nahm Loko das Futtergefäß aus Raffis Händen und hielt es etwas tiefer, damit es nicht zu sehen wäre.

Zögernd öffnete die junge Mutter.

«Ja?» Ein gequälter Zug lag in ihrem hübschen Gesicht. Als ihr Blick auf den Fressnapf fiel, verengten sich ihre Augen.

Simon gab sich einen Ruck: «Wir haben Ihrer Katze was mitgebracht!»

«Die, äh ... die mag kein Fleisch», stotterte Frau Braun vollkommen verwirrt.

«Eine Katze, die kein Fleisch mag?» staunte Debora. «Gibt's so was? Frisst die denn nur Fruchtsalat? Oder Kaugummi?»

Raffi musste kichern, obwohl sie eigentlich gar nicht wollte.

Frau Braun fasste sich ein wenig. «Ich nehm's trotzdem, danke.» Sie griff nach dem Napf.

Doch Loko zog ihn schnell weg. «M-m», summte er.

«Okay», sagte Simon. «Wir stellen das Fleisch einfach in Ihren Garten, wenn Sie mal nicht da sind ...»

Die Frau strich nervös eine Strähne hinters Ohr. «Was wollt ihr eigentlich von mir?»

Vor dem Haus schlurfte ein alter Mann auf dem Gehsteig vorbei. Scheel musterte er das Gedränge auf den Steinstufen.

«Wollen wir nicht lieber drinnen weitersprechen?» schlug Silvia vor.

Frau Braun zauderte. Nach einem gehetzten Blick zu dem alten Mann ließ sie Silvia und die Kinder widerstrebend ein.

Sie traten in den Flur und von da ins helle Wohnzimmer. Dort stand eine angebrochene Packung Rattengift auf dem Tisch. Hastig brachte Frau Braun sie im Wandschrank zum Verschwinden und sah sich um, ob's wohl einer der Eintretenden bemerkt hatte. Sie dachte nicht daran, jemanden zum Sitzen aufzufordern.

Debora fasste sich ein Herz und fragte rundheraus: «Warum haben Sie all die Hunde getötet?»

«Ich verstehe wirklich nicht ...»

Mit dem Kinn wies Loko auf die Schüssel in seinen Händen. «Jemand von uns hat Sie vorhin beobachtet, wie Sie dieses Futter einem Hund geben wollten.»

Und Simon fügte hinzu: «Dieses *vergiftete* Futter.»

Auf Frau Brauns Stirn perlten Schweißtröpfchen. «Gift? Damit habe ich nichts zu tun!»

«Das Fleisch lässt sich problemlos untersuchen», erklärte Silvia.

Die Frau wurde jetzt immer fahler im Gesicht.

«Und es gibt einen Zeugen, der Sie im Supermarkt

gesehen hat», sagte Debora. «Beim Kaufen von Rattengift.»

Bestürzt sank Frau Braun auf den Polstersessel nieder. «Dabei», flüsterte sie fassungslos, «hab ich's doch extra in der Stadt gekauft, damit mich niemand kennt ...»

Loko stellte den Fleischnapf auf dem Wohnzimmertisch ab. «Wissen Sie, wie schrecklich ein Hund durch Rattengift leidet? Das Tier verblutet innerlich und hat unsägliche Schmerzen.»

Als Frau Braun aufblickte, standen Tränen in ihren Augen. «Und die Schmerzen, die mein Kind ausgestanden hat? Sind die nichts?» schluchzte sie. «Mein armes kleines Baby! Britta wird ihr Leben lang Narben im Gesicht haben!»

Betroffen schauten die Kids sie an.

«Der Besitzer des Hundes hat noch gesagt, der Hund wolle nur spielen, bevor er Britta gebissen hat! Mitten ins Gesicht! Ein wehrloses Baby! Ich habe einen solchen Hass auf diese Hunde!»

«Das versteh ich», murmelte Raffi mitfühlend.

«Ich hab nicht gewusst, dass die Tiere so leiden!» wimmerte die Frau. «Ich wollte bloß die Hunde unschädlich machen, die Britta gefährden könnten.» Elend sah sie hoch. «Wenn die Ämter nichts unternehmen – irgendwer muss doch was tun! Ich muss doch mein kleines Baby beschützen!»

Silvia und die Kids schwiegen beklommen. In ihnen stieg Mitleid für die gequälte Frau auf. Narben, die für immer im Gesicht bleiben würden – das war ein bitteres Los für das kleine Mädchen.

«Und Ihr Mann?» brach Silvia schließlich das Schweigen. «Weiß der, was Sie da tun?»

Schwach schüttelte Frau Braun den Kopf. «Er ist ja den ganzen Tag bei der Arbeit. Natürlich war er auch erschüttert. Aber er hat nur die Faust in der Tasche geballt. Wie alle anderen ...»

Die Kids schreckten auf, als plötzlich Suilas Stimme von draußen hereindrang. «He! Wo willst du hin?»

Rasch liefen sie zum Fenster.

Unten auf der Straße stand Suila neben dem leeren VW und schrie herauf: «Manfred ist abgehauen!»

«Was?» Überstürzt hasteten die Kids aus dem Wohnzimmer.

Doch Silvia blieb zurück und musterte Frau Braun. «Und jetzt? Was soll jetzt werden?»

«Ich weiß es auch nicht». Fahrig hob sie die Schultern und starrte aus geröteten Augen vor sich hin.

Im Garten begann das Baby zu weinen. Britta war von dem Lärm wach geworden.

Entschlossen nahm Silvia die Futterschüssel vom Tisch. «Hören Sie auf damit. Wir wissen jetzt, dass Sie die Täterin sind.»

Geistesabwesend nickte Frau Braun. Sie stand auf und wandelte wie im Schlaf aus dem Raum.

Silvia folgte ihr. Vor dem Haus eilte sie zum Auto, um den Fressnapf mit dem vergifteten Fleisch im Kofferraum zu verstauen.

«Manfred hat einen Wagen angehalten», schilderte Suila aufgeregt, «und dem Fahrer irgendwas von einem verletzten Knöchel erzählt, und dann ist er eingestiegen! Es ging alles so schnell!»

«In welche Richtung sind sie gefahren?»

Sie zeigte die Straße hinauf. «Da lang!»

«Wo könnte der bloß hinwollen?» fragte Loko.

Schwungvoll öffnete Silvia die Fahrertür. «Was liegt denn in dieser Richtung?»

«Das Dorfzentrum ... und der Bahnhof.»

«Natürlich!» Auf einen Schlag wurde es allen klar. «Manfred will türmen!»

Sie warfen sich in das Auto und zogen die Türen zu. Die Pferde scheuten erschrocken zur Seite, als Silvia losraste.

Eilends saßen die Mädchen auf. Voller Bewegungsdrang galoppierten die Pferde Fanny und Lucy mit ihnen dem Wagen hinterher.

Die Entscheidung

20

Mit kreischenden Reifen bremste der VW vor dem Dorfbahnhof ab. Kurz darauf schnaubten schon die Pferde auf den Platz.

Silvia blieb mit Suila bei den Stuten, während die anderen um das kleine Stationsgebäude herumrannten.

Es gab nur vier Bahnsteige. Auf einem davon saß eine kleine Gestalt auf der Sitzbank. Es war tatsächlich Manfred. Über ihm kündigte ein Schild für wenige Minuten später einen Zug in die Stadt an.

Die Kids traten auf Manfred zu. Er sah übel aus. Seine Stirn glänzte schweißnass, und er hatte offensichtlich Fieber.

Simon sprach ihn an. «Du wolltest in die Stadt, nicht?»

Manfred schwieg.

«Zu wem denn?» fragte Debora. «Wüsstest du, zu wem du gehen könntest?»

Der Junge verzog keine Miene. «Das ist meine Sache», murmelte er und brach in einen hartnäckigen Husten aus.

Loko beugte sich zu ihm hinunter. «Aber wovon willst du denn leben, hast du das schon mal überlegt? Es wird doch bloß alles noch schlimmer! Irgendwann erwischen sie dich doch – und dann bist du ziemlich übel dran.»

«Das stimmt», sagte Simon. «Wenn du freiwillig ins Heim zurückkehrst, sieht's bestimmt besser aus für dich.»

Aus der Ferne näherte sich die Eisenbahn.

«Wir könnten dich vielleicht zum Heim fahren», bot Debora an. «Damit du nicht alleine dort aufkreuzen musst – wenn du willst.»

Manfred blickte zum schiefergrauen Himmel hoch und begann zu schlottern.

Der Zug brauste in die Station. Die ersten Waggons donnerten vorüber, dann kam die Bahn quietschend zum Stehen.

Wortlos erhob sich Manfred und humpelte mit seinem Krückstock los. Doch schon nach wenigen Schritten packte Loko ihn am Arm.

Simon schüttelte den Kopf. «Lass ihn, Loko. Er muss selbst entscheiden, was er tut.»

«Bist du sicher?»

Als Loko losließ, hinkte der dünne Junge sofort weiter.

«Bitte einsteigen!» schepperte eine Stimme aus den Bahnhofs-Lautsprechern.

Manfred wandte sich vor dem Einstieg noch einmal um. Sein Blick suchte Debora, die ihn ernst anschaute.

«Bitte einsteigen», dröhnte die blecherne Stimme erneut, «Türen schließen – Vorsicht bei der Abfahrt!»

Unaufhaltsam füllten sich Manfreds Augen mit Tränen. Er stand reglos auf dem Bahnsteig. Hinter seinem Rücken klappten die Waggontüren zu.

Der Zug ruckte an und fuhr los.

Als der letzte Waggon aus der Station ratterte, haftete Manfreds Blick noch immer an Deboras ernsten Augen.

Nach der ganzen Aufregung vertilgten die Kids zu Hause hungrig Wurstbrote, während Silvia Manfred in ein heißes Bad steckte und eine Salbe für sein Fußgelenk auftrieb.

Opa setzte sich zu ihnen an den Küchentisch. «Knabbert mal nicht den Teller mit auf», schmunzelte er. «Das habt ihr nun davon, dass ihr nichts zu Mittag gegessen habt.»

«Dazu hatten wir gar keine Zeit», mampfte Simon.

Raffi guckte Großvater an. «Glaubst du, Mami erlaubt Silvia nachher, uns mit diesem Jungen zum Heim zu fahren?»

«Das würde mich nun allerdings sehr wundern ...», brummte er bedächtig.

«Was? Wenn sie's erlauben würde?»

«Nein, wenn sie's *nicht* täte.» Das Lächeln in seinem faltigen Gesicht breitete sich noch mehr aus. «Aber Zwockel lasst ihr besser hier, der braucht noch ein bisschen Erholung. Ich werd ihn mit seinen Lieblings-Hundekuchen aufpäppeln, damit er wieder zu Kräften kommt!»

Silvia kam herein und begann für Manfred eine Suppe zu kochen.

«Ich knall noch 'n Würstchen rein, das wird ihm gut tun», fand sie.

Simon schluckte hinunter und sah Debora an. «Ich muss dir noch was sagen. Ich, äh ...» Befangen druckste er herum. «Ich finde, du hast doch Recht gehabt.»

Sie blickte ihn fragend an.

«Ich meine, dass du Manfred die Sachen gebracht hast – und dass du gesagt hast, einer muss nachgeben ... Es war richtig so.» Er gab sich einen Ruck und streckte ihr die Hand hin. «Ich möchte mich entschuldigen.»

Debora schlug strahlend ein. «Angenommen! Reden wir nicht mehr drüber.»

«Doch!» Raffi hopste vom Stuhl. «Mir tut's auch Leid!» Sie hielt Debora ebenfalls das Händchen hin.

Grinsend klatschte sie darauf. «Gebongt, Schwesterchen!»

«Mir ist natürlich nicht entgangen, dass bei euch was im Busch war», verriet Großvater. «Ihr habt Streit miteinander gehabt, das war nicht zu überhören. Und einmal, spät nachts, ging Simon raus, einmal auch Debora.» Unter seinen buschigen Brauen zwinkerte er ihnen zu. «Aber du hast dich toll verhalten, Debora – alle Achtung, das schafft nicht jeder!»

«Find ich auch!» rief Silvia vom Küchenherd her.

Verblüfft schauten die Kids ihren Opa an. Seine Ohren waren offenbar immer noch spitze, ihm konnte kaum etwas entgehen. Doch sie wussten, dass er auf ihrer Seite stand, das hatte er schon viele Male bewiesen.

«Ich war einfach so wütend auf den Kerl», murmelte Simon. «Ich konnte gar nicht mehr klar denken.»

«Das ist ja genau der Punkt», sagte Großvater. «Wenn zwei sich bekämpfen, sind sie immer wütend. Dann zeugt es eben von Stärke, über seinen eigenen Zorn zu springen und einen Weg zum Frieden zu finden. Wichtig ist einfach, dass du den Fehler eingesehen hast und es das nächste Mal besser machst.» Er hob die Hand wie ein Indianer: «Hugh, ich habe gesprochen!»

Herzpochen

21

In frischen Kleidern stieg Manfred in den VW. Zwar waren ihm die Ersatzklamotten von Simon viel zu lang, aber die eigene verdreckte Kluft hätte er unmöglich tragen können. Seine zerrissene Hose und den Pullover schleppte er in einer Plastiktüte mit sich.

Als Silvia und die Kids aus dem Haus kamen, wedelte Zwockel um sie herum. Vor dem Wagen blieb der Hund stehen und knurrte Manfred durch die Scheibe an.

Rasch wandte der Junge den Kopf ab. Er schaffte es nicht, dem Tier in die Augen zu schauen, das er noch vor wenigen Tagen umbringen wollte.

Raffi sicherte sich wie üblich den Beifahrersitz. Als Debora sich neben Manfred setzte, bemerkte sie den Krückstock in seiner Hand. «Muss der wirklich mit? Wirst ihn wohl kaum noch brauchen, oder?»

«Der hat die ganze Zeit zu mir gehalten – als Einziger», murmelte er und streifte Debora mit einem Blick. «Fast als Einziger ...»

Er kurbelte die Scheibe ein Stück herunter und warf den Stock aufs Pflaster hinaus.

Sofort schnappte Zwockel die Trophäe und rannte damit zur Hundehütte.

Silvia startete den Motor. Während der Wagen vom Hof holperte, winkte Simon dem Collie zu, der ihnen hinterherguckte.

Sie fuhren die Landstraße entlang, durchquerten das Dorf und schwenkten auf die Autobahn ein. Die Fahrt verlief schweigsam. Alle hingen in ihren Gedanken den Dingen nach, die in den letzten Tagen geschehen waren.

Manfred blickte aus dem Fenster auf die vorüberflitzenden Felder. Eigentlich, grübelte er, hatte er trotz des ganzen Schlamassels auch Glück gehabt. Hätten er und Oliver in jener Nacht den Collie tatsächlich erwischt – dann wollte er jetzt nicht in seiner Haut stecken. Ganz zu schweigen davon, wenn da jemand aus dem Haus gekommen wäre und Oliver mit dem Messer wirklich zugestochen hätte ... Ein schwer verletzter oder sogar toter Mensch – so was hatte er doch nie gewollt! Ihm wurde eines klar: Bei einer krummen Tour konnte leicht was schief gehen, und dann passierten Sachen, die nicht geplant waren und die er nicht mehr verhindern konnte. Da könnte er nachher lange behaupten, der andere habe zugestochen, ihn selber treffe keine Schuld – er war dabei gewesen und würde mit drinhängen. Wäre es wirklich so gekommen, sähe jetzt alles noch viel elender aus als je zuvor.

Weit entfernt versank die Sonne am Horizont. Manfred wischte sich Schweiß von der Stirn und schielte zu Debora hinüber. Sie bemerkte es nicht, denn sie betrachtete versonnen die Landschaft im roten Abendlicht.

Die Nacht war bereits hereingebrochen, als Silvia von der Fernstraße zu dem kleinen Dorf mit dem Erziehungsheim abbog.

Manfred kriegte wildes Herzpochen, je näher sie kamen. Schon waren sie auf dem Sträßchen, das er und Oliver nach der Flucht entlangmarschiert waren. In der Dunkelheit erkannte er den Briefkasten, aus dem Oliver die Zeitung geklaut hatte.

Sein Puls ging immer schneller. Welche Strafe würde er wohl fürs Türmen bekommen? Und was dachten die anderen Jungs im Heim über ihn? Würden sie spöttisch tuscheln, morgen früh im Speisesaal? Ihn bemitleiden? Oder sogar hassen? All diese Folgen hatte er nicht bedacht – damals, an dem Tag, als er abgehauen war.

Der Wagen hielt vor den Ziegenstallungen an. Als der Motor ausgeschaltet war, verbreitete sich eine schwere Stille über der Gegend.

Silvia drehte sich nach hinten. «Willst du lieber allein reingehen, oder sollen wir mitkommen?»

«Mir egal.» Manfred zuckte die Schultern, doch die Angst stand ihm deutlich ins Gesicht geschrieben.

Also öffnete Simon die Tür. «Okay, auf geht's.»

Hustend mühte sich Manfred aus dem Auto. Die anderen traten in die Kälte hinaus und schauten sich um.

Sterne glitzerten am Himmel, und der Mond war fast voll. In der Nähe flogen krächzend Vögel aus den Bäumen auf.

Manfred fröstelte. Seine Plastiktüte mit den Kleidern schien ihn beinahe in den Boden zu ziehen, als er zum Eingang hinüberhumpelte.

Vor der Tür blieb er stehen. Er war sich plötzlich nicht mehr so sicher, ob er wirklich hineingehen sollte. Doch er konnte keinen klaren Gedanken fassen, in seinem Kopf wirbelte alles durcheinander.

Schließlich gab er sich einen Ruck. Wie umnebelt drückte er mit zitternden Fingern auf die Klingel.

Der Heimleiter sah überhaupt nicht so aus, wie die Kaminskis sich ihn vorgestellt hatten. Er war ein erstaunlich junger Mann mit modernem Kurzhaarschnitt, Dreitagebart und einer lässigen Lederjacke. In seinem Büro wies er auf die Besucherstühle vor dem großen Schreibtisch. «Nett, dass Sie Manfred hergefahren haben. Wir sind froh, dass er wieder bei uns ist.»

Sie setzten sich ihm gegenüber hin.

«Das meine ich übrigens ernst», lächelte er Manfred an. «Ihr Jungs seid ja nicht hier, weil wir euch damit strafen wollen, sondern weil wir sicher sind, dass dies im Augenblick der beste Platz für euch ist.» Er räusperte sich und erklärte den anderen: «Die meisten dieser Jungs haben kein intaktes Elternhaus, und da, wo sie vorher gelebt haben, ging es ihnen mies.»

Mit verschlossener Miene kauerte Manfred auf dem Stuhl.

Der Direktor spielte mit seinem Kugelschreiber. «Unser Ziel ist erst mal, dass die Jungs hier zur Ruhe kommen und sich auffangen können. Sie haben hier einen geregelten Tagesablauf, verpassen die Schule nicht und können so später wieder in die Gesellschaft einsteigen.»

Raffi hob die Hand und meldete sich verlegen. «Wissen Sie, dass Manfred uns geholfen hat? Er hat uns nämlich zu einer Hundetöterin geführt!»

«Das stimmt!» sagte Simon. «Ohne ihn hätten wir die nie gefunden! Er hat uns einen ganz wichtigen Hinweis gegeben.»

«Ach ja? Das freut mich zu hören», antwortete der Heimleiter. «Wir werden das beim weiteren Vorgehen berücksichtigen.» Er wandte sich an Manfred. «Nur nebenbei: Oliver ist auch wieder zurück.»

Wie vom Blitz getroffen blickte der Junge ihn an.

«Die Polizei hat ihn bei seinen Bekannten in der Stadt aufgegriffen», erzählte der Direktor. «Er ist schon seit gestern wieder hier. Für ihn sieht die Sache nicht sehr gut aus. Er wird in ein Einzelzimmer verlegt, muss mehr Freizeitarbeit leisten und hat für eine Weile keine Spiel-Erlaubnis im Aufenthaltsraum.»

«Und ich?» murmelte Manfred beklommen. «Was ...»

«Auch du musst mehr Freizeitarbeit leisten als vorher, das ist klar. Aber du bleibst in einem Zweierraum und bekommst einen neuen Zimmergenossen.» Der Leiter fuhr sich über den gepflegten Minibart. «Außerdem habe ich für dich zwei Nachrichten – eine gute und eine, die dich weniger freuen wird.»

Alle beobachteten ungeduldig, wie der Direktor mit dem Schreibstift Kreise und Figuren auf seinen Notizblock zeichnete. «Die gute Nachricht vorweg: Dein Vater kommt vom Entzug zurück und wird wieder bei deiner Mutter leben. Diese geordneten Verhältnisse in deinem Elternhaus sind eine wichtige Voraussetzung dafür, dass du einen neuen Versuch bei dir daheim wagen kannst – auf Bewährung.» Er machte eine Pause. Vom Flur her hörte man Stimmen von Jungs, die scherzend vorübergingen.

«Und die schlechte Nachricht?» fragte Manfred mit heiserem Tonfall.

Der Heimleiter legte den Kugelschreiber hin. «Weil du getürmt bist, musst du noch einen Monat hier bleiben. Hättest du's nicht getan, könntest du uns schon in wenigen Tagen verlassen.»

Ungläubig schaute Manfred ihn an. «Einen Monat? Dann darf ich nach Hause?»

«Voraussichtlich. Wenn nichts dazwischen kommt – von deiner Seite her, meine ich.»

So etwas wie ein Lächeln huschte über Manfreds blasses Gesicht. Er konnte kaum fassen, was er da hörte. Auch die Kids freuten sich, dass der Junge keine allzu harte Strafe kriegte.

Mit einem Räuspern stand der Direktor auf. «Nochmals vielen Dank für Ihre Hilfe.»

«Gern geschehen!»

Er öffnete die Tür und schüttelte Silvia die Hand. Zu Manfred sagte er: «Gleich nach dem Eintritts-Check bringt man dich ins Krankenzimmer. Da wirst du untersucht und gesund gepflegt.»

«Mach's gut», verabschiedete sich Debora von Manfred. «Diese dreißig Tage werden bestimmt schnell vergehen.»

Befangen sah der Junge sie an. «Du, Debora, ich, äh, ich meine ...» Er gab sich einen Ruck. «Schreibst du mir mal?»

«Ich schicke auch gerne Briefe!» rief Raffi.

Doch dafür schien sich Manfred nicht so gewaltig zu interessieren.

Sein Blick haftete auf Debora, bis sie schließlich antwortete: «Mal sehen, ja?»

Durch dick und dünn

22

Am nächsten Tag machten Simon und Loko mit Zwockel das «Fang-das-Stöckchen-Spiel». Sie warfen Manfreds ehemalige Krücke, so weit sie konnten. Der Collie flitzte übers Kopfsteinpflaster, brachte den Stock zurück und wartete hechelnd darauf, dem Holzstück erneut hinterherzuspurten.

Raffi saß mit einem Schreibblock auf der sonnigen Steintreppe. Mit der Frühlingswärme war auch der betörend süße Blütenduft zurückgekehrt, und die Vögel zwitscherten wieder um die Wette. Vertieft schrieb die Kleine ihrer neuen Freundin Jessica einen Brief. Darin erzählte sie ihr haargenau, was in den letzten Tagen geschehen war. Am Schluss lud sie Jessica noch einmal ein, sie im nächsten Urlaub mit dem Collie auf dem Hof zu besuchen.

Sie sah auf, als sich Hufgetrappel näherte. Debora und Suila kamen auf ihren Pferden angeritten. Im selben Moment fuhr der Lieferwagen des Blumengeschäfts auf den Vorplatz.

Mutter und Opa stiegen aus dem Transporter.

«Leute, kommt mal alle her!» rief Vater, kaum dass er vom Führersitz gesprungen war. «Wir haben im Dorf was Tolles gehört!»

Gespannt rannten Raffi und die Jungs hinüber. Selbst Silvia eilte neugierig aus dem Haus.

«Die Hundemorde sind aufgeklärt!» eröffnete Herr Kaminski. «Jetzt ist diese unheimliche Bedrohung endlich vorbei!»

«Wie wurde der Fall denn aufgeklärt?» fragte Simon.

«Das war so», schaltete Opa sich ein. «Das glaubt ihr nicht! Ich hab grade auf dem Dorfplatz gestanden, weil ich nicht mit in den Laden wollte. Tante Emma – ich meine, Frau Fürling – redet ja manchmal wie ein Wasserfall ...»

Ungeduldig warteten alle, dass er endlich die Bombe platzen ließ.

Opa kratzte sich am Kinn. «Und die vielen Worte verstopfen mir dann immer die Ohren, wisst ihr, bla bla bla, wie ein Wasserfall ...»

«Nun rück endlich damit raus, Opa!» rief Raffi.

Großvaters Gesicht wurde von einem Lächeln überzogen. «Viel mehr Bla Bla wär mir auch nicht mehr eingefallen! Ich wollte euch nur ein bisschen auf die Folter spannen. War 'n kleines Witzchen, nicht!»

«Ha, ha», alberte Loko augenzwinkernd. «Scherz komm raus, du bist umzingelt!»

Nun mussten auch Mutter und Vater grinsen.

Daneben schnaubten die Stuten. Suila und Debora tätschelten ihnen den Hals.

Opa nahm den Faden wieder auf: «Jedenfalls hör ich da auf dem Dorfplatz rein zufällig, wie der Adler-Wirt jemandem erzählt, was passiert ist: Auf der Polizeistelle im Nachbardorf hat sich der Hundetöter gemeldet und alles zugegeben!»

Raffi furchte die Stirn. «Was? Der Hundetöter ...»

«Oder sollte ich besser sagen: die Hundetöterin – es ist nämlich eine Frau! Sie hat scheinbar einen triftigen Grund für die Taten. Aber das werden wir bestimmt alles bald in der Zeitung lesen können.»

«Ganz bestimmt», schmunzelte Debora vom Pferd herab, und Simon ergänzte: «Oder auch schon heute erfahren – wir hätten euch da nämlich eine Kleinigkeit zu erzählen!»

Die Kids wechselten einen schelmischen Blick.

«Das klingt ja ganz geheimnisvoll», fand Vater. «Kommt, wir gehen erst mal rein, jetzt haben wir alle eine Stärkung verdient!»

«Im Dorf haben wir nämlich nicht nur aufregende Neuigkeiten gehört, sondern auch was Leckeres eingekauft», verkündete Mutter. «Himbeer-Eis mit Schlagsahne und Keksen!»

«Jeeeee!» jubelten die Kids.

«Loko und Suila sind selbstverständlich mit eingeladen!»

Auf dem Weg zum Haus hob Simon den Stock auf und warf ihn durch die Luft. «Hier, Zwockel, hol ihn dir! Hol ihn dir!»

Doch der Collie blieb in seiner Hütte liegen.

«Was hat er denn?» sorgte sich Raffi. «Früher war er doch auch nicht so schnell müde vom Spielen.»

«Er ist noch ein bisschen schwach, weil er nichts gefressen hat bei der Familie in der Stadt. Aber da ist noch was anderes.» Mutter sah die Kleine ernst an. «Es gab eine Zeit, da war ich auch schneller müde als sonst. Sogar mehrere solche Zeiten gab's – drei, um genau zu sein.»

Raffi guckte verständnislos. «Warum denn? Wann war denn das?»

«Das war, als ich euch drei Kinder bekommen hab.»

«Wie bitte?» rief Debora. «Kriegt Zwockel etwa Junge?»

Mutter nickte. «Ganz genau. Der Aufenthalt bei dem Collie-Männchen in der Stadt hat Folgen!»

«Echt super!» strahlte Simon, und Raffi konnte es kaum fassen. «Niedliche, ulkige Welpen – bei uns auf dem Hof!»

Sie kniete sich zu Zwockel und knuddelte sein Fell. «Hey, du wirst Mami! Jetzt musst du aber mächtig futtern, damit du voll in Form kommst!» Eilig schob sie den randvollen Futternapf näher. Der Collie schnappte sich einen Hundekuchen und begann genüsslich zu schmatzen.

Die Erwachsenen gingen hinein, um den süßen Imbiss vorzubereiten.

Simon blieb auf der Vortreppe stehen. Er lächelte Loko und Suila zu. «Cool, wie ihr uns geholfen habt! Ihr seid wirklich Freunde, die durch dick und dünn zu uns halten!»

«Das stimmt!» doppelte Debora nach und sah dabei ihre Freundin an.

«Ach kommt, jetzt macht mal halblang», wiegelte Loko ab. Natürlich freuten sich die zwei Gülgün-Kinder, doch sie wollten ihren tollen Einsatz nicht an die große Glocke hängen.

Simon legte den Arm um Lokos Schultern, und die beiden verschwanden scherzend im Haus.

Die Mädchen banden ihre Stuten am Geländer fest, damit Fanny und Lucy nicht weglaufen konnten.

Debora schaute zu Zwockel hinüber. Er räkelte sich in seiner Hütte und sah sie aus seinen treuen Augen an. Da erinnerte sie sich an jene Nacht, als sie verzweifelt darum gebetet hatte, dass Zwockel lebt und gesund ist. «Du bist ein Schatz, Jesus», dachte sie bei sich. «Danke, dass du Zwockel wieder zu uns zurückgebracht hast!» Und auch für Manfred, überlegte sie, war die Sache gerade noch mal gut gegangen. Er kriegte eine neue Chance – ob er sie diesmal wohl nutzen würde?

Suila wartete bereits auf sie. Gemeinsam stiegen die beiden Freundinnen die Treppe hoch.

In der Küche herrschte ein Riesengedrängel. Die Mädchen quetschten sich zwischen den Erwachsenen hindurch und setzten sich an den Tisch.

Auf der Anrichte schnitt Silvia die Eiskrem in schöne, große Scheiben, und Vater schlug die Sahne mit dem Schneebesen.

«Nun sind wir wieder vollzählig», brummte Opa zufrieden. «Wir haben Silvia und Zwockel wieder bei uns!»

«Nicht zuletzt dank der Kinder!» stellte Mutter stolz fest, während sie die Butterkekse in eine Glasschale gab.

«Wisst ihr was?» Vater blickte über die Schulter. «Jetzt machen wir ein Riesenfest! Und ihr erzählt uns in allen Einzelheiten, was ihr erlebt habt!»

«Au ja!» Raffi schnellte aus ihrem Stuhl hoch. «Kommt, wir bringen die Geschenke für Silvia!»

«Gute Idee!» riefen ihre Geschwister und sausten ihr hinterher ins Obergeschoss.

Während Simon die selbstgebastelte Mausefalle holte, suchten die Mädchen ihre Zeichnungen aus den Schubladen. Dabei fiel Raffis Blick auf Zwockels Halsband, das noch immer auf ihrem Nachttisch lag. Sie nahm es mit hinaus in den Flur, wo Simon schon wartete.

Übermütig schwang sie das Hundehalsband. «Davon werden wir bald mehrere brauchen! Wenn die süßen Welpen geboren sind, spiele ich den ganzen Tag mit ihnen!» freute sie sich jetzt schon. «Du, wie viele Wochen dauert es eigentlich, bis die Jungen zur Welt kommen?»

Simon kniff die Augen zusammen. «Neun Monate natürlich! Hast du noch nie gehört, wie lange eine Schwangerschaft dauert?»

«So mega viel?» Enttäuscht senkte die Kleine den Kopf.

Aber Debora gab ihr einen Klaps. «Der nimmt dich doch bloß auf den Arm – in zwei Monaten sind die Hundebabys da!»

«Wirklich?»

«Klar doch!» Simon und Debora lachten.

Ein verschmitztes Strahlen breitete sich auf Raffis Gesicht aus, und sie rief so laut, dass alle im Haus es hören konnten: «Das ist ja super! Klasse, Mann!»

Manfred („Manne")

Loko

Ergün

Oliver

Simon

Debora

Suila

Raffaela („Raffi")

Hat Dir das Buch gefallen? Schreibe uns!

Wir freuen uns immer riesig über Post von Leserinnen und Lesern! Wenn Dir die Kaminski-Kids gefallen oder wenn Du einen Vorschlag, eine Frage oder sonst eine Rückmeldung hast, dann zögere nicht, uns zu schreiben! Sende uns Deine Zeilen

per E-Mail an: **fanclub@kaminski-kids.com**

oder an: **Die Kaminski-Kids**
c/o Brunnen Verlag
Postfach
CH-4002 Basel

Möchtest Du regelmäßig **das Neuste über die Kaminski-Kids per E-Mail** erfahren? Dann ist der kostenlose **Kaminski-Kids-Newsletter** genau das Richtige für Dich! Jetzt gratis abonnieren – das geht ganz einfach unter:

www.kaminski-kids.com

Auf dieser Internet-Seite kannst Du auch die **Kaminski-Kids** besuchen, Dich im Gästebuch einschreiben oder nachschauen, was die Kids über sich selbst erzählen! Da gibt's auch viele Informationen rund um die Kids, die Storys, über andere Fans im Gästebuch und natürlich über den Kaminski-Kids-Autor Carlo Meier und seine Kinder, die beim Schreiben der Bücher mithelfen!

Wir freuen uns, von Dir zu hören!

Kennst Du schon alle Abenteuer der Kaminski-Kids?

Hier sind sie: Band 1 bis 7 im Überblick

Band 1:
Übergabe drei Uhr morgens

Band 2:
Mega Zoff!

Band 3:
Hart auf hart

Band 4:
Unter Verdacht

Band 5:
Auf der Flucht

Band 6:
In der Falle

Band 7:
Auf heißer Spur

Die Serie
wird fortgesetzt!

«Kaminski-Kids» als Hörspiele

Einzelne Storys der «Kaminski-Kids»-Reihe sind inzwischen auch als Hörspiele erhältlich, und zwar in Schweizer Mundart. Du findest sie im Programm des Verlags «Chinderwält» (Universal Music), und sie könnten spannender nicht sein!

- **D'Kaminski-Kids: Mega Zoff!**
  CD: ISBN 3-03718-093-5
  MC: ISBN 3-03718-094-3

- **D'Kaminski-Kids: Hart uf hart**
  CD: ISBN 3-03718-155-9
  MC: ISBN 3-03718-156-7

- **D'Kaminski-Kids: Unter Verdacht**
  CD: ISBN 3-03718-205-9
  MC: ISBN 3-03718-206-7

- **D'Kaminski-Kids: Uf de Flucht**
  CD: ISBN 3-03718-371-3
  MC: ISBN 3-03718-372-1

Es kann gut sein, dass es die «Kaminski-Kids»-Hörspiele demnächst auch auf Hochdeutsch zu genießen gibt. Bei «Universal Music» (www.chinderwaelt.ch) sind solche Projekte jedenfalls schon mal angedacht worden. Lasst euch überraschen!